いつでもだれかの味方《みかた》です

～大《おお》江《え》ノ木《き》小《しょう》応《おう》援《えん》部《ぶ》

田中《たなか》直子《なおこ》　作《さく》

下平《しもひら》けーすけ　絵《え》

朝日学生新聞社

いつでも　だれかの　味方《みかた》です

～大江《おおえ》ノ木《き》小《しょう》応援《おうえん》部《ぶ》

もくじ

一　ハルタのなやみ

（一）

大江《おおえ》ノ木《き》小学校《しょうがっこう》六年生《ねんせい》の三原《みはら》ハルタは、どちらかといえばのんきな方《ほう》だ。
『三原《みはら》ハルタくん。
三原《みはら》ハルタくん。
職員室《しょくいんしつ》に来《き》て下《くだ》さい』
昼休《ひるやす》み、校内放送《こうないほうそう》のスピーカーから教頭先生《きょうとうせんせい》の声《こえ》が聞《き》こえて、
「ハルタ、おこられるんじゃねえの」
なんて友《とも》だちにおどかされても、

「いやいや、ほめられるのかも」

と――ほめられるようなことは特《とく》にしていないけれど――、鼻歌《はなうた》うたいながら職員室《しょくいんしつ》へ向《む》かった。

昼休《ひるやす》みの職員室《しょくいんしつ》はガランとしていて、二人の先生《せんせい》が、まじめくさった顔《かお》でオセロをしていた。そして、日当《ひあ》たりのいい奥《おく》の席《せき》で、教頭《きょうとう》の伊達先生《だてせんせい》がハルタを待《ま》っていた。

大《おお》きく開《ひら》いた窓《まど》の外《そと》には、木々《きぎ》の明《あか》るい新芽《しんめ》が目《め》にまぶしい。その向《む》こうから、ボール遊《あそ》びや追《お》いかけっこのにぎやかな声《こえ》が聞《き》こえてくる。

「せっかくの昼休《ひるやす》みに、すまないね」

教頭先生《きょうとうせんせい》は、おだやかな笑顔《えがお》をハルタに向《む》けた。

「いいえ」

ハルタもつられておだやかにほほえみながら、なんの話《はなし》だろう？　と考《かんが》える。……もしかして、一輪車《いちりんしゃ》の修理《しゅうり》のことかな？　ハルタの家《いえ》は自転車店《じてんしゃてん》で、最近学校《さいきんがっこう》から、こわれた一《いち》輪車《りんしゃ》の修理《しゅうり》をたのまれたのだ。

「バッチリ直《なお》したぞ、新品同様《しんぴんどうよう》だ」

とうちゃん、えらそうに言《い》ってたっけ。そうか、教頭先生《きょうとうせんせい》がわざわざ息子《むすこ》のぼくを呼《よ》び

出《だ》してお礼《れい》を言《い》うなんて、とうちゃん、よっぽどいい仕事《しごと》したんだなあ……などと思《おも》いながらニタニタしていると、

「三原《みはら》くんは、応援部《おうえんぶ》の部長《ぶちょう》だったね」

なんだ、ちがう話《はなし》か。

大江《おおえ》ノ木小学校《きしょうがっこう》には、放課後《ほうかご》の部活動《ぶかつどう》がある。五年生《ねんせい》と六年生《ねんせい》の自由加入《じゆうかにゅう》で、部《ぶ》は五つ。野球部《やきゅうぶ》、バスケットボール部《ぶ》、サッカー部《ぶ》、囲碁部《いごぶ》、そして、ハルタが部長《ぶちょう》をつとめる応《おう》援部《えんぶ》――正式《せいしき》には『部活動応援団部《ぶかつどうおうえんだんぶ》』。

「今《いま》、部員《ぶいん》は何人《なんにん》？」

「三人《にん》です」

「六年生《ねんせい》は？」

「ぼくだけです」

「じゃ、あとは入部《にゅうぶ》したての五年生《ねんせい》だね」

「はい」

「ちょっと、少《すく》ないね」

ちょっとどころか、相当少《そうとうすく》ない。

応援部《おうえんぶ》は、十六年前《まえ》に始《はじ》まった部活動《ぶかつどう》だ。どこにでもある部《ぶ》ではないので、初《はじ》めて聞《き》く人《ひと》はめずらしがることが多《おお》い。創部《そうぶ》のころは、なかなか人気《にんき》のある部《ぶ》だったらしい。けれど、だんだん先細《さきぼそ》りになっていき、去年《きょねん》の部員《ぶいん》は七人《にん》。そのうち六年生《ねんせい》が五人《にん》で、五年生《ねんせい》はハルタも入《い》れて二人いたが、もう一人の五年生《ねんせい》が途中《とちゅう》でやめてしまい、六年生《ねんせい》も卒業《そつぎょう》すると、とうとうハルタ一人になってしまった。

ハルタは、自動的《じどうてき》に部長《ぶちょう》になった。このまま部員《ぶいん》が増《ふ》えなければ、部《ぶ》はなくなる。それではなんだか部長《ぶちょう》の自分《じぶん》がつぶしたみたいで、気分《きぶん》がよくない。

そこで、ハルタはがんばった。

『きみの青春《せいしゅん》を、応援部《おうえんぶ》にかけてみないか⁉』

五、六年《ねん》の教室《きょうしつ》の前《まえ》で手書《てが》きのチラシを配《くば》って、片《かた》っぱしから声《こえ》をかけた。

「ねえねえ、応援部員募集《おうえんぶいんぼしゅう》してるんだけど、どう？」

「応援部《おうえんぶ》って、運動会《うんどうかい》の応援団《おうえんだん》のこと？」

「ちがうよ、あれとは別《べつ》。野球部《やきゅうぶ》の試合《しあい》の応援《おうえん》をするんだ。運動会《うんどうかい》でも、模範演技《もはんえんぎ》を少《すこ》しやるけどね。ほら、去年《きょねん》の運動会《うんどうかい》でやってたじゃん」

「そうだっけ」

「でかい声《こえ》出《だ》すの、超気持《ちょうきも》ちいいよ。入《はい》んない？」

「うーん、パス」

こんな反応《はんのう》がほとんどだった。

けれど、努力《どりょく》のかいあって、なんと五年生《ねんせい》が二人入《はい》ってくれたのだ。一人ぼっちだったハルタにすればすごい収穫《しゅうかく》だ。ちょっと少《すく》ないけど、応援部《おうえんぶ》はこれからなんです、先生《せんせい》！

……という説明《せつめい》をしたかったのに、教頭先生《きょうとうせんせい》は、ハルタより早《はや》く口《くち》を開《ひら》いた。

「沼川先生《ぬまかわせんせい》がお休《やす》みしてるのは、知《し》ってるね」

「はい」

沼川《ぬまかわ》マリ先生《せんせい》は、応援部《おうえんぶ》の顧問《こもん》だ。おととし転勤《てんきん》してきてすぐ顧問《こもん》になり、いつもはりきって指導《しどう》してくれた。けれど、去年《きょねん》の中《なか》ごろから体調《たいちょう》をくずして休《やす》みがちになり、とうとう、新年度《しんねんど》から長期《ちょうき》の休《やす》みを取《と》ってしまった。

「この際《さい》」

教頭先生《きょうとうせんせい》は、メガネを指《ゆび》でおし上《あ》げて、まっすぐハルタを見《み》た。

「応援部《おうえんぶ》、廃部《はいぶ》にした方《ほう》がいいかと思《おも》うんだ」

え――――っ⁉

「ち、ちょっと待《ま》って下《くだ》さい」

まさか、こんな話《はなし》だったなんて……ハルタはあわてた。

「そりゃあ部員《ぶいん》は少《すく》ないですけど、みんなやる気《き》あるし、沼川先生《ぬまかわせんせい》が帰《かえ》ってくるまで自分《じぶん》たちで練習《れんしゅう》するし、これからもっと……」

ハルタの熱弁《ねつべん》を、教頭先生《きょうとうせんせい》はさえぎった。

「沼川先生《ぬまかわせんせい》、いつもどられるかわからないよ」

冷《ひ》ややかな言葉《ことば》に、ハルタの顔《かお》がこわばった。

「先生《せんせい》の具合《ぐあい》、そんなに悪《わる》いんですか？」

教頭先生《きょうとうせんせい》は、急《いそ》いで笑顔《えがお》を作《つく》って、

「いや、そんなことはないよ。先週《せんしゅう》お会《あ》いしたけど、意外《いがい》に元気《げんき》そうで安心《あんしん》したぐらいだから。ただ、体《からだ》の具合《ぐあい》というものは、他人《たにん》にはよくわからないからね」

もちろんそうだけど、だからこそ、長引《ながび》くと決《き》めつけなくてもいいのに……ハルタは、カチンときた。

「代《か》わりにやってくれる先生《せんせい》がいればいいけど、みなさん、おいそがしいからね」

その言葉《ことば》を聞《き》いて、ハルタはいきなり思《おも》い出《だ》した。どの部活《ぶかつ》にも、顧問《こもん》の先生《せんせい》は二人いる。

応援部《おうえんぶ》にも、もう一人いるのだ、まったく名前《なまえ》だけの副顧問《ふくこもん》が。すっかり忘《わす》れていた。

「木内先生《きうちせんせい》がいます」

勢《いきお》いこんで言《い》うと、教頭先生《きょうとうせんせい》はあっさりと、

「木内先生《きうちせんせい》にはお聞《き》きしたよ。『沼川先生《ぬまかわせんせい》ができないなら、廃部《はいぶ》もしかたない』だそうだ」

そんな――――!!

木内良造先生《きうちりょうぞうせんせい》は、およそ応援部《おうえんぶ》には似合《にあ》わない、ぼーっとした先生《せんせい》だ。二年後《ご》に定年《ていねん》退職《たいしょく》をむかえるけれど、もっと年上《としうえ》に見《み》える。沼川先生《ぬまかわせんせい》が応援部《おうえんぶ》の顧問《こもん》になる時《とき》、副顧問《ふくこもん》をやってくれる先生《せんせい》がいなくて、『何《なに》もしなくていいなら』という条件《じょうけん》で引《ひ》き受《う》けてくれた、という話《はなし》を聞《き》いたことがある。だから木内先生《きうちせんせい》は、応援部《おうえんぶ》の練習《れんしゅう》にも、試合《しあい》の応援《おうえん》にも、一度《いちど》も来《き》たことがないのだ。

それでも顧問《こもん》は顧問《こもん》、『廃部《はいぶ》もしかたない』なんてあんまりだ。こんな時《とき》ぐらい力《ちから》になってもらわなきゃ。

「ちょっと待《ま》ってて下《くだ》さい」

言《い》い残《のこ》して、ハルタは職員室《しょくいんしつ》を飛《と》び出《だ》した。ろうかを走《はし》って、先生《せんせい》たちがお湯《ゆ》をわかしたり、ちょっと休憩《きゅうけい》したりする時《とき》に使《つか》う、せまいたたみの部屋《へや》へ行《い》くと、ノックもせずにド

アを開《あ》けた。

中《なか》には、予想《よそう》どおり、木内先生《きうちせんせい》がねころんで、たばこをぷかぷか吸《す》っていた。

「先生《せんせい》、校内《こうない》は禁煙《きんえん》ですよ」

先生《せんせい》は、あわててたばこの火《ひ》を消《け》した。

「おいおい、教頭先生《きょうとうせんせい》には言《い》うなよ」

「先生《せんせい》、応援部《おうえんぶ》の顧問《こもん》ですよね」

木内先生《きうちせんせい》は、ああ、その話《はなし》か、とつぶやきながら、のそのそ起《お》き上《あ》がって、白髪頭《しらがあたま》をぼりぼりかいた。

「しかたないだろう、沼川先生《ぬまかわせんせい》がお休《やす》みなんだから」

そう簡単《かんたん》に言《い》われても、困《こま》る。

「やっと入《はい》ったんですよ、二人。ぼくがチラシ配《くば》ったりして、せっかく入《はい》ってくれたのに」

「でもなあ」

「沼川先生《ぬまかわせんせい》だって、よくなって帰《かえ》ってきたら部《ぶ》がなくなってた、なんて、すごくショックだと思《おも》うし」

「まあなあ」

「だから、しかたない、なんて言《い》わないで、このままやらせて下《くだ》さい」

「気持《きも》ちはわかるけど、おれは、なんもできんぞ」

「今《いま》までどおりでいいんです。練習《れんしゅう》も、試合《しあい》の応援《おうえん》も、ぼくがちゃんとやります。だから」

「うーん、そう言《い》われてもなあ」

そう言《い》いながら、木内先生《きうちせんせい》は無意識《むいしき》に、胸《むね》ポケットのたばこの箱《はこ》をもぞもぞさわっている。

「先生《せんせい》、校内《こうない》は禁煙《きんえん》……」

「わかっとるわい」

ハルタの食《く》い付《つ》くような顔《かお》をしげしげと見《み》て、木内先生《きうちせんせい》はため息《いき》をついた。

「そうだなあ。ひょっとしたら沼川先生《ぬまかわせんせい》、案外早《あんがいはや》くもどるかもしれんしなあ」

「でしょ？　じゃ」

ハルタは、木内先生《きうちせんせい》のそでをつかんで、部屋《へや》を飛《と》び出《だ》した。

「ちょっと待《ま》て、後《あと》でもいいだろ」

「いや、今《いま》じゃなきゃダメです」

服《ふく》についたたばこのにおいを気《き》にする木内先生《きうちせんせい》を引《ひ》っぱって、むりやり職員室《しょくいんしつ》まで連《つ》れていった。

入《はい》ってきた二人を見《み》て、教頭先生《きょうとうせんせい》は目《め》を丸《まる》くした。ハルタは構《かま》わず、窓辺《まどべ》の席《せき》に歩《あゆ》み寄《よ》った。

「木内先生《きうちせんせい》にお願《ねが》いしました。顧問《こもん》、続《つづ》けてくれるそうです」

教頭先生《きょうとうせんせい》が、疑《うたが》わしそうにまゆをひそめた。

「本当《ほんとう》ですか？」

木内先生《きうちせんせい》は、あごをぽりぽりかきながら、

「はい、まあ」

教頭先生《きょうとうせんせい》は、するどい視線《しせん》を向《む》ける。

「木内先生《きうちせんせい》、おいそがしいのに、だいじょうぶですか？」

いそがしいって、木内先生《きうちせんせい》は、朝《あさ》もあくびしながらのんびり来《く》るし、仕事《しごと》が終《お》わればさっさと帰《かえ》ってしまう。教頭先生《きょうとうせんせい》、木内先生《きうちせんせい》があんまりやる気《き》がないことわかってて、わざと言《い》ってるんだ……ハルタは急《いそ》いで、

「ぼくが部長《ぶちょう》として、五年生《ねんせい》といっしょにがんばります。だから、続《つづ》けさせて下《くだ》さい」

「木内先生《きうちせんせい》、本当《ほんとう》にいいんですか？」

教頭先生《きょうとうせんせい》は、しつこい。

「はい、まあ」

木内先生《きうちせんせい》は、たよりない。

「本当《ほんとう》にだいじょうぶですか？　沼川先生《ぬまかわせんせい》、よくなるまで時間《じかん》がかかるかもしれませんよ」

「そうですなあ。でもまあ、早《はや》く治《なお》るかもしれませんし」

のらりくらりとした木内先生《きうちせんせい》の返事《へんじ》に、教頭先生《きょうとうせんせい》は困《こま》り顔《がお》で、しばらく考《かんが》えこんだ。そして、

「じゃ、こうしましょう。とりあえず、一学期《がっき》はこのまま様子《ようす》を見《み》ます。でも、二学期《がっき》になっても沼川先生《ぬまかわせんせい》が出《で》てこられないようなら、いったん休部《きゅうぶ》。もし、そのまま年《とし》を越《こ》したら、その時《とき》は廃部《はいぶ》。それでいいですか？」

そんな条件《じょうけん》付《つ》きになるとは思《おも》っていなかったので、ハルタはびっくりした。

「えっ、それはちょっと……」

けれど、木内先生《きうちせんせい》は、

「はいはい、それでいいです。な、いいな」

ハルタの肩《かた》を、ひじでぐいぐいおしている。ハルタは、しぶしぶうなずいた。

「はい。わかりました」

教頭先生《きょうとうせんせい》におじぎして、二人は並《なら》んで職員室《しょくいんしつ》を出《で》た。

ろうかを歩《ある》きながら、木内先生《きうちせんせい》が、しょぼくれているハルタのほっぺたをつねった。

「こら、ぜいたく言《い》うな。首《くび》の皮一枚《かわいちまい》つながっただけでも、ありがたいと思《おも》え」

確《たし》かに、すぐにでもつぶされそうなところを、とりあえず乗《の》り切《き》ったのだ。不満《ふまん》はあるが、しかたない。

「先生《せんせい》、とにかく助《たす》かりました。ありがとう」

頭《あたま》を下《さ》げると、木内先生《きうちせんせい》は手《て》をふった。

「礼《れい》なんかいらん。おれは、なんもせんぞ」

そして、また、せまいたたみの部屋《へや》に入《はい》ってしまった。

（二）

「ハイブ――――!?」

　放課後《ほうかご》の音楽室《おんがくしつ》。ここは、となりの音楽準備室《おんがくじゅんびしつ》に、応援部《おうえんぶ》には欠《か》かせない太鼓《たいこ》があって、借《か》りるのに手《て》っ取《と》り早《ばや》いので、応援部《おうえんぶ》の部室《ぶしつ》として使《つか》わせてもらっている。

　ハルタは、新入《しんい》りの五年生《ねんせい》二人に、昼休《ひるやす》みの職員室《しょくいんしつ》での話《はなし》をしていた。二人とも、神妙《しんみょう》な面持《おもも》ちで聞《き》いている。一人は小柄《こがら》な女《おんな》の子《こ》、もう一人は体格《たいかく》のいい男《おとこ》の子《こ》だ。教頭先生《きょうとうせんせい》の話《はなし》で、『応援部《おうえんぶ》、廃部《はいぶ》にした方《ほう》がいいかと思《おも》うんだ』というところまできた時《とき》、ハルタの後《うし》ろで奇声《きせい》が上《あ》がった。ふりむくと、同級生《どうきゅうせい》の中森《なかもり》ユウトクが目《め》をむいている。

「何《なに》それ!?　ハイブって」

　ハルタは、顔《かお》をしかめた。

「おまえ、部員《ぶいん》じゃないだろ」

ユウトクは、去年応援部《きょねんおうえんぶ》に入部《にゅうぶ》したけれど、ほとんど練習《れんしゅう》に来《こ》ないユウレイ部員《ぶいん》で、結局《けっきょく》やめてしまったのだ。

「やめたヤツが、何《なに》してんだよ」

「別《べつ》にいいじゃん。それより、ほんとにつぶれんの？」

「話《はなし》、まだ途中《とちゅう》なんだよ」

ハルタは、ユウトクをにらみつけると、新入《しんい》りの五年生《ねんせい》二人に向《む》かって話《はなし》の続《つづ》きをした。

副顧問《ふくこもん》の木内先生《きうちせんせい》にたのみこんだこと。とりあえず、一学期《がっき》はこのままで、という話《はなし》になったこと。

「はーん、なるほどねえ。じゃ、しばらくはだいじょうぶなんだ」

部員《ぶいん》でもないユウトクが、いすの上《うえ》にふんぞり返《かえ》って、相《あい》づちを打《う》つ。

「だから、おまえ関係《かんけい》ないじゃん」

ハルタが毒《どく》づいても、ユウトクは気《き》にもとめず、

「いいだろ、別《べつ》に。柔道《じゅうどう》の達人《たつじん》が入部《にゅうぶ》したって聞《き》いたから、見《み》にきただけだよ」

そして、五年男子《ねんだんし》のがっしりした背中《せなか》を、なれなれしくぽんぽんたたいた。

「強《つよ》そうだなあ。よかったじゃん、ハルタ。オレなんかより、よっぽどたよりになりそうな

ヤツが入《はい》ってくれて」

するると、五年男子《ねんだんし》は口《くち》をとがらせ、ぼそりとつぶやいた。

「ぼくじゃない」

「え？」

きょとんとしているユウトクに、ハルタがため息《いき》をついて、小《ちい》さな五年女子《ねんじょし》の方《ほう》を手《て》で示《しめ》した。

「柔道《じゅうどう》をやってるのは、小津《おづ》さんの方《ほう》だよ」

「えーっ！　そうなの!?」

おどろくユウトクに、

「はい、自分《じぶん》です」

柔道《じゅうどう》の達人《たつじん》こと小津《おづ》ミユミが、軽《かる》く頭《あたま》を下《さ》げた。

ユウトクは知《し》らなかったけれど、ミユミは、ちょっと知《し》られた女《おんな》の子《こ》だ。五歳《さい》の時《とき》に始《はじ》めた柔道《じゅうどう》で、負《ま》けたことがほとんどない。一見強《いっけんつよ》そうに見《み》えないけれど、小柄《こがら》な体《からだ》が素早《すばや》く動《うご》いて、相手《あいて》は、気《き》づいた時《とき》にはしりもちをつかされている。その器用《きよう》さと、見《み》た目《め》とのギャップが話題《わだい》になって、新聞《しんぶん》のローカル面《めん》で紹介《しょうかい》されたことがあるほどだ。

ミユミが応援部《おうえんぶ》に入《はい》るきっかけになったのは、ハルタのチラシだった。

『きみも、だれかを応援《おうえん》しようよ！』

その言葉《ことば》に、心打《こころう》たれたというのだ。

「自分《じぶん》は、柔道《じゅうどう》でいつも応援《おうえん》してもらっているから、自分《じぶん》もだれかを応援《おうえん》したいと思《おも》ったんです」

ハルタは感激《かんげき》して、

「うん。いっしょにがんばろうね」

思《おも》わず、握手《あくしゅ》を求《もと》めた。

「なあんだ、達人《たつじん》は女《おんな》の子《こ》の方《ほう》か。じゃ、君《きみ》は何《なに》やってんの？」

ユウトクにたずねられて、がっしりした五年男子《ねんだんし》は、めいわくそうな顔《かお》をした。

「別《べつ》に、何《なに》もしてない。スポーツは好《す》きじゃないし」

なんとなく気《き》まずい空気《くうき》になったので、ハルタは急《いそ》いで話《はなし》をさえぎった。

「久末《ひさすえ》くんっていうんだよ。入《はい》ってくれて、ほんと助《たす》かったよ」

助《たす》かったのは本当《ほんとう》だ。部員《ぶいん》二人と三人《にん》、たった一人だけれど、この差《さ》はとても大《おお》きい。けれど実《じつ》を言《い》うと、ハルタには、なぜ久末《ひさすえ》ノリタロウが入部《にゅうぶ》する気《き》になったのか、よくわからなかった。

ノリタロウは、ハルタが音楽室《おんがくしつ》で、応援部《おうえんぶ》の旗《はた》のほつれを直《なお》していた時《とき》に現《あらわ》れた。最初《さいしょ》は、ドアのすきまから中《なか》をのぞいていたが、ハルタと目《め》が合《あ》って、やっと入《はい》ってきた。

「ここ、応援部《おうえんぶ》ですよね」

「うん」

ノリタロウは、居心地悪《いごこちわる》そうにきょろきょろ見回《みまわ》してから、ハルタの前《まえ》に広《ひろ》げてある応援《おうえん》部《ぶ》の旗《はた》に目《め》をとめた。

「『旗持《はたも》ち』って、声出《こえだ》さなくていいんだよね」

いきなりの質問《しつもん》に、ハルタは面《めん》くらった。

「え？　うん、まあ」

旗《はた》を持《も》つ係《かかり》は、なかなかの重労働《じゅうろうどう》だ。応援部《おうえんぶ》の大《おお》きな旗《はた》を同《おな》じ姿勢《しせい》で持《も》ち続《つづ》けるだけで、かなりの体力《たいりょく》を使《つか》う。その上《うえ》『フレー、フレー』などの大声《おおごえ》を出《だ》すのは大変《たいへん》なので、旗持《はたも》ち係《がかり》は声《こえ》を出《だ》さないことになっている。

ノリタロウが、小《ちい》さな声《こえ》でぼそりと言《い》った。

「ぼく、旗持《はたも》ちやる」

ハルタがぽかんとしていると、

「力《ちから》は、結構《けっこう》あるんで」

と付《つ》け足《た》した。それが入部《にゅうぶ》の意思表示《いしひょうじ》だとハルタが気《き》づくのに、十秒《びょう》ほどかかった。

「……あ、そう。うん、じゃあ、よろしく」

あの時《とき》の素《そ》っ気《け》ないやりとりを思《おも》い出《だ》すと、『みんなやる気《き》あるし』と教頭先生《きょうとうせんせい》に言《い》った言葉《ことば》は果《は》たして正《ただ》しかったのか、ハルタには、自信《じしん》がなくなってくる。

もっともユウトクは、ノリタロウのやる気《き》なんかどうでもいいので、

「あーあ、ヌマピョン、どうしてっかなあ。早《はや》く治《なお》ればいいのに」

つまらなそうにため息《いき》をついた。

『ヌマピョン』とは、ユウトクが勝手《かって》につけた沼川《ぬまかわ》マリ先生《せんせい》の愛称《あいしょう》で、ユウトク以外《いがい》だれも使《つか》わない。そもそも、ユウトクが応援部《おうえんぶ》に入部《にゅうぶ》したのも、顧問《こもん》の沼川先生《ぬまかわせんせい》と親《した》しくなりたいから、という理由《りゆう》だった。おととし、沼川先生《ぬまかわせんせい》が大江《おおえ》ノ木小《きしょう》に転勤《てんきん》してきた時《とき》、特別《とくべつ》きれいとまではいかなくても、大口《おおぐち》開《あ》けてガハハと笑《わら》った顔《かお》がイケてる、とユウトクは思《おも》って、ヌマピョンファンクラブを立《た》ち上《あ》げた（ただし、会員《かいいん》はユウトクだけ）。そして、五年《ねん》生《せい》になると、さっそく応援部《おうえんぶ》に入部《にゅうぶ》した。けれど、先生《せんせい》が休《やす》みがちになり、週《しゅう》一回《かい》の練習日《れんしゅうび》

にも来《こ》なくなると、

「男《おとこ》ばっかりのところにいても、つまんねえ」

もともと練習《れんしゅう》ぎらいだったこともあり、あっさりやめてしまったのだ。

一方《いっぽう》、ハルタの方《ほう》はユウトクとは正反対《せいはんたい》で、沼川先生《ぬまかわせんせい》の方《ほう》からスカウトされた。

「三原《みはら》くん、声《こえ》が大《おお》きくてステキ。応援部《おうえんぶ》に入《はい》らない？」

そんなほめられ方《かた》は初《はじ》めてだったので、うれしくてほいほい入部《にゅうぶ》したが、正直《しょうじき》なところ、ハルタも応援部《おうえんぶ》の活動《かつどう》についてはよく知《し》らなかった。

「実《じつ》はね、私《わたし》、応援部《おうえんぶ》の初代部員《しょだいぶいん》だったの」

沼川先生《ぬまかわせんせい》はうれしそうに、応援部《おうえんぶ》の歴史《れきし》を聞《き》かせてくれた。

＊　＊

十七年前《まえ》。

沼川《ぬまかわ》マリちゃんは、大江《おおえ》ノ木《き》小学校《しょうがっこう》の五年生《ねんせい》だった。そのころ、大江《おおえ》ノ木《き》小《しょう》の野球部《やきゅうぶ》は、近《ちか》くの小学校《しょうがっこう》の中《なか》でも飛《と》びぬけて強《つよ》かった。速球自慢《そっきゅうじまん》のピッチャーがいたのだ。マリちゃんは、そのピッチャーにひそかにあこがれていた。

秋晴《あきば》れのある日《ひ》、マリちゃんは、大江《おおえ》ノ木小《きしょう》の校庭《こうてい》で行《おこな》われる野球部《やきゅうぶ》の試合《しあい》を見《み》にいった。何《なに》しろ評判《ひょうばん》のチームだったので、ほかにも保護者《ほごしゃ》や同級生《どうきゅうせい》など、たくさんの人《ひと》たちが見《み》にきていた。対戦相手《たいせんあいて》の小学校《しょうがっこう》は部員《ぶいん》も少《すく》なく、きょうも大江《おおえ》ノ木小《きしょう》の圧勝《あっしょう》だろうとだれもが思《おも》っていた。

ところが、そうはいかなかった。マリちゃんあこがれのピッチャーはひどく調子《ちょうし》が悪《わる》く、初回《しょかい》にいきなり五点《てん》を取《と》られてしまったのだ。こんな乱調《らんちょう》は初《はじ》めてで、大江《おおえ》ノ木小《きしょう》野球部《やきゅうぶ》員《いん》は、すっかりやる気《き》をなくしてしまった。

その後《ご》、追加点《ついかてん》は取《と》られなかったものの、大江《おおえ》ノ木小《きしょう》の方《ほう》も点《てん》を入《い》れることができず、〇対《たい》五のまま、とうとう最終回《さいしゅうかい》の攻撃《こうげき》になった。すっきり晴《は》れた空《そら》とは正反対《せいはんたい》のどんよりした空気《くうき》が、グラウンドを包《つつ》みこんだ。途中《とちゅう》までさかんに声《こえ》を出《だ》していた見物客《けんぶつきゃく》も、だまって見《み》ている。マリちゃんは、にげだしたくなった。

その時《とき》。

「フレ――

フレ――

「オオエノキ――――」

しんとした空気《くうき》を突《つ》き破《やぶ》って、太《ふと》い声《こえ》がひびいた。それは、見物《けんぶつ》していた大江《おおえ》ノ木《き》小六年生《しょうねんせい》の男《おとこ》の子《こ》だった。ちょうど運動会《うんどうかい》の季節《きせつ》で、赤組《あかぐみ》の応援団長《おうえんだんちょう》をしていた彼《かれ》は、この非常事態《ひじょうじたい》に、思《おも》わず、毎日練習《まいにちれんしゅう》していたかけ声《ごえ》を発《はっ》したのだ。

見物客《けんぶつきゃく》の中《なか》には、ほかにも何人《なんにん》か応援団《おうえんだん》の子《こ》がいた。赤組《あかぐみ》も白組《しろぐみ》もいたけれど、この際《さい》関係《かんけい》なく、みんないっしょに大声《おおごえ》を出《だ》した。

「フレ――――

フレ――――

オオエノキ――――」

笛《ふえ》も太鼓《たいこ》もなかったけれど、まるでこの日《ひ》のために練習《れんしゅう》したような、息《いき》の合《あ》ったかけ声《ごえ》だった。

あきらめかけていた野球部員《やきゅうぶいん》たちの顔《かお》に、血《ち》の気《け》がもどった。

ほかの見物客《けんぶつきゃく》も、即席《そくせき》の応援団《おうえんだん》につられて、大声《おおごえ》を出《だ》し、手《て》をたたいて、野球部員《やきゅうぶいん》の背中《せなか》をおした。

「いけいけ、オーエー」

「いけいけ、オーエー」

「うてうて、オーエー」

「うてうて、オーエー」

空気《くうき》が、がらりと変《か》わった。バッターが意地《いじ》を見《み》せ、フォアボールで塁《るい》に出《で》た。すると、次《つぎ》の選手《せんしゅ》は、ぎりぎりの内野安打《ないやあんだ》。その次《つぎ》は、引《ひ》っぱってライト前《まえ》。そのまた次《つぎ》の子《こ》がデッドボールでおし出《だ》しになると、調子《ちょうし》がよくない中《なか》、一人で投《な》げ続《つづ》けてきたピッチャーに打順《だじゅん》が回《まわ》ってきた。大応援団《だいおうえんだん》の声援《せいえん》を受《う》け、放《はな》った一ふりは……満塁《まんるい》ホームラン！　とうとう、追《お》いついてしまったのだ。

試合《しあい》は、引《ひ》き分《わ》けで終《お》わった。野球部員《やきゅうぶいん》たちは、応援《おうえん》してくれた人《ひと》たちに、心《こころ》からお礼《れい》を言《い》った。

その応援《おうえん》は、評判《ひょうばん》になった。何《なに》しろ、相手校《あいてこう》の先生《せんせい》からもほめられたのだ。

「せっかく大江ノ木《おおえのき》に勝《か》てると思《おも》ったのに、あんな強力《きょうりょく》な助《すけ》っ人《と》がいたんじゃなあ」

それから野球部《やきゅうぶ》は、試合《しあい》のたびに、赤組応援団長《あかぐみおうえんだんちょう》に声《こえ》をかけた。団長《だんちょう》も喜《よろこ》んで、団員《だんいん》を集《あつ》めて出《で》かけていった。

翌年《よくねん》、応援団長《おうえんだんちょう》ほか六年生《ねんせい》の団員《だんいん》たちは卒業《そつぎょう》したけれど、五年生《ねんせい》だった団員《だんいん》たちは、このまま野球部《やきゅうぶ》の応援《おうえん》を続《つづ》けていくつもりでいた。すると、その年《とし》の新任《しんにん》の先生《せんせい》の中《なか》に、大学《だいがく》で応援団《おうえんだん》に所属《しょぞく》していたという先生《せんせい》がいて、それを知《し》った野球部《やきゅうぶ》の先生《せんせい》が話《はなし》を持《も》ちかけ、正式《せいしき》な部《ぶ》を作《つく》ることになった。『部活動応援団部《ぶかつどうおうえんだんぶ》』、略《りゃく》して応援部《おうえんぶ》。前《まえ》の年《とし》、応援団《おうえんだん》のすばらしい働《はたら》きを目《め》にしていた沼川《ぬまかわ》マリちゃんも、勇《いさ》んで入部《にゅうぶ》し、初代部員《しょだいぶいん》となったのだ。

*

*

「すごいでしょ？」

沼川先生《ぬまかわせんせい》は、得意《とくい》げに話《はな》して聞《き》かせた。

「で、あこがれのピッチャーとはどうなったんですか？」

ユウトクが興味《きょうみ》を持《も》ったのは、応援部《おうえんぶ》の由来《ゆらい》とはあまり関係《かんけい》ない話《はなし》の方《ほう》だった。

「やあね、もう。どうもなってないわよ」

ピッチャーは、一つ年上《としうえ》の六年生《ねんせい》だったから、先《さき》に卒業《そつぎょう》してそれっきりだそうだ。

とにかく、創部《そうぶ》間《ま》もないころの話《はなし》をする時《とき》、沼川先生《ぬまかわせんせい》はいつも、六年生《ねんせい》のマリちゃんにもどっていた。

「一度《いちど》みんなで、大学《だいがく》の応援団《おうえんだん》を見学《けんがく》しに行《い》ったんだけど、すっごく厳《きび》しいんで、みんなビビっちゃって。帰《かえ》り道《みち》、『自分《じぶん》たち小学生《しょうがくせい》なんだから、ああいうのはやめよう』って、ちかいあったのよ」

大口《おおぐち》開《あ》けて、ガハハと笑《わら》った。

応援部《おうえんぶ》には、応援《おうえん》の時《とき》にかかげる旗《はた》がある。沼川先生《ぬまかわせんせい》は、旗《はた》を作《つく》ったきっかけについて、

「五年前《まえ》だったかな。同窓会《どうそうかい》で、元応援部員《もとおうえんぶいん》が集《あつ》まって話《はな》してるうちに、後輩《こうはい》に何《なに》かプレゼントしようってことになって、じゃあ、旗《はた》がいいんじゃないかって」

クリーム色《いろ》に紺《こん》のふちどりの旗《はた》には、『大江《おおえ》ノ木《き》小学校《しょうがっこう》部活動応援団部《ぶかつどうおうえんだんぶ》』という文字《もじ》と、校章《こうしょう》の桜《さくら》の花《はな》がプリントしてある。よごれが目立たない色を選んだのよ、と先生は言った。

「私《わたし》たちの時《とき》なんて、バスタオルにマジックでペイントした、手作《てづく》りの旗《はた》だったんだから。ま、あれはあれで味《あじ》があったけどね」

そんな話《はなし》をする先生《せんせい》は本当《ほんとう》に楽《たの》しそうで、ハルタは、聞《き》いているだけでうれしくなった。

六年生《ねんせい》が卒業《そつぎょう》して、部員《ぶいん》がハルタ一人になった時《とき》、沼川先生《ぬまかわせんせい》は笑《わら》いながらも、まじめな声《こえ》で言《い》った。

「三原《みはら》くん、たよりにしてるよ」

のんきなハルタは、

「まかせといてよ。オレ、絶対《ぜったい》やめないから」

軽《かる》く返事《へんじ》をしたけれど、沼川先生《ぬまかわせんせい》が四月から休《やす》んでしまって、いよいよ一人になった時《とき》は、さすがにへコんだ。だから、新入部員《しんにゅうぶいん》が入《はい》ってくれた時《とき》は、心底《しんそこ》うれしかったのだ。

もしも今《いま》、応援部《おうえんぶ》がつぶれてしまったら、先生《せんせい》は、自分《じぶん》が顧問《こもん》を続《つづ》けられなくなったせいだ、と自分《じぶん》を責《せ》めるだろう。それで、よけい具合《ぐあい》が悪《わる》くなったりしたら……いやだ、絶対《ぜったい》つぶすもんか！

ハルタがそんな思《おも》いをかみしめていると、横《よこ》からユウトクが、

「ひょっとしたらハルタ、最後《さいご》の部長《ぶちょう》になるかもしれないんだ」

なんてノーテンキな声《こえ》を出《だ》したものだから、ハルタは思《おも》わずかみついた。

「おまえのせいだぞ」

「えっ、なんで」

「おまえがやめたから、こんなに少《すく》なくなったんだろ」

「オレがいたって、四人《にん》だろ」

「とにかくオレ、最後《さいご》の部長《ぶちょう》なんて絶対《ぜったい》ヤだ」

「自分《じぶん》もイヤです、せっかく入《はい》ったのに」

小津《おづ》ミユミが、こぶしをにぎりしめてうったえた。

「でも」

久末《ひさすえ》ノリタロウが、ぼそりと言《い》った。

「これって先生次第《せんせいしだい》だし、ぼくたちがさわいでも、しかたない気《き》がするけど」

とたんに、音楽室《おんがくしつ》の中《なか》がひんやりした。

応援部《おうえんぶ》を続《つづ》けられるかどうかは、先生次第《せんせいしだい》。そんなことはわかっている。でもハルタは、今《いま》すぐ廃部《はいぶ》になりそうなところを、わずかながらも引《ひ》きのばしたのだ。そう考《かんが》えるなら、まるっきり先生次第《せんせいしだい》とまでは言《い》い切《き》れないんじゃないか。

「とにかく、このままつぶされるのを待《ま》つなんて、やっぱ、イヤだ。何《なに》か自分《じぶん》にできることがあるかもしれないし」

ハルタは、きっぱりと言《い》い切《き》った。

「何《なに》かって？」

ユウトクがまた、口《くち》をはさむ。

「それを今《いま》、考《かんが》えてるんだろ。うるさいなあ、おまえ関係《かんけい》ないじゃん」

すると、ユウトクは、頭《あたま》をぽりぽりかきながら、

「じゃあさ、相談《そうだん》してみたら」

「だれに」

「『なんでも箱《ばこ》』だよ」

ユウトクが、初《はじ》めて役《やく》に立《た》つことを言《い》った。

（三）

大江《おおえ》ノ木小学校《きしょうがっこう》児童会《じどうかい》の部屋《へや》は、放送室《ほうそうしつ》のとなりにある。壁《かべ》がうすいので、おたがいに、どちらの音《おと》もよく聞《き》こえる。

それで、放送委員《ほうそういいん》たちは、

「今年《ことし》の児童会《じどうかい》って、ほんとうるさい」

と思《おも》っていた。昼休《ひるやす》みや放課後《ほうかご》、当《あ》たり前《まえ》のように大声《おおごえ》が聞《き》こえてくるのだ。

「そんじゃ、これ、シンキチよろしく」

「そんじゃって、なんでオレなんだよ」

「シンキチ、こういうの得意《とくい》でしょ」

「何言《なにい》ってんだよ、オレ今《いま》、二つかかえてんだぞ。できるかよ」

「だいじょうぶ、こっちの方《ほう》は急《いそ》がなくていいから。じゃ、次《つぎ》、これはメグちゃんたのむね」

「ちょっと待《ま》て、話《はなし》そらすな」

うるさいのは、ほとんどが、戸部《とべ》アネと千葉《ちば》シンキチの声《こえ》だった。

今年《ことし》の児童会《じどうかい》がうるさいのには、理由《りゆう》がある。会長《かいちょう》の戸部《とべ》アネが発案《はつあん》した『なんでも箱《ばこ》』のせいだ。児童会《じどうかい》の部屋《へや》の前《まえ》に置《お》いてあって、だれでも、なんでも、紙《かみ》に書《か》いて入《い》れていい。相談《そうだん》、要望《ようぼう》、ひとり言《ごと》でも構《かま》わない。書《か》かれていたことへの対応《たいおう》は、児童会役員《じどうかいやくいん》五人《にん》で手分《てわ》けして行《おこな》う。その仕事《しごと》で、毎回大《まいかいおお》さわぎしているというわけだ。

大江ノ木小学校《おおえのきしょうがっこう》の児童会役員《じどうかいやくいん》は、選挙《せんきょ》で決《き》める。五、六年《ねん》の各《かく》クラスから立候補者《りっこうほしゃ》をつのり、投票《とうひょう》して選《えら》ぶ。もし、立候補者《りっこうほしゃ》が一人しかいない時《とき》は無投票《むとうひょう》で会長《かいちょう》が決《き》まり、副会長《ふくかいちょう》二名《めい》と書記《しょき》二名《めい》は、改《あらた》めて話《はな》し合《あ》いや推《すい》せんなどの方法《ほうほう》で決《き》めることになる。

戸部《とべ》アネは、五年生《ねんせい》だった去年《きょねん》も、児童会役員選挙《じどうかいやくいんせんきょ》に立候補《りっこうほ》した。

「なんか、かっこよさそう」

という理由《りゆう》で会長《かいちょう》をねらったが、六年生《ねんせい》には勝《か》てず、副会長《ふくかいちょう》になった。

児童会室《じどうかいしつ》に出入《ではい》りするようになったアネは、あることに気《き》がついた。それは、ろうかに置《お》いてある箱《はこ》だ。となりの放送室《ほうそうしつ》との境目《さかいめ》ぐらいに、色《いろ》のあせた、ポストみたいな形《かたち》の箱《はこ》がある。もちろん今《いま》まで、このろうかを通《とお》るたびに目《め》にしていたし、リクエストボックスだということも知《し》っていた。放送委員会《ほうそういいんかい》が、給食《きゅうしょく》の時間《じかん》に放送《ほうそう》する『大江《おおえ》ノ木《き》ランチタイム』の中《なか》で、この箱《はこ》に入《い》れられたリクエスト曲《きょく》をかけてくれるのだ。十分間《ぷんかん》という短《みじか》い放送時間《ほうそうじかん》の中《なか》では、一、二曲《きょく》しかかけられないけれど、自分《じぶん》の好《す》きな曲《きょく》がスピーカーから流《なが》れてくるのを期待《きたい》して、この箱《はこ》の中《なか》は、いつもリクエストでいっぱいだった。

アネが気《き》づいたのは、箱《はこ》の表《おもて》に書《か》いてある文字《もじ》だ。ほとんど消《き》えかけているけれど、それは『要望箱《ようぼうばこ》』と読《よ》めた。

「なんで、『リクエスト箱《ばこ》』じゃないんだろう?」

リクエストを日本語《ご》にすれば、要望《ようぼう》。でも、曲《きょく》のタイトルを入《い》れる箱《はこ》に、わざわざこんなかたい言葉《ことば》を使《つか》うかな?

その疑問《ぎもん》は、ほどなくとけた。児童会《じどうかい》の指導係《しどうがかり》の先生《せんせい》が、話《はなし》のついでに教《おし》えてくれたのだ。

「もともとあれは、児童会《じどうかい》への要望《ようぼう》を入《い》れてもらう箱《はこ》だったんだよ」

児童会《じどうかい》で何《なに》か気《き》になること、やりたいことなどがあれば、名前《なまえ》を書《か》かず気軽《きがる》に入《い》れてもらおう、と、ずいぶん前《まえ》に始《はじ》めたのだそうだ。置《お》いてある場所《ばしょ》も、児童会《じどうかい》の部屋《へや》の前《まえ》だった。

ところが、児童会《じどうかい》に何《なに》か要望《ようぼう》は、と言《い》われても、ほとんどの子《こ》は特別考《とくべつかんが》えてなどいないもので、箱《はこ》に紙《かみ》が入《はい》るのは、一年のうちせいぜい二、三回《かい》だった。そのうちだれかが放送委員《ほうそういいん》会《かい》への『要望《ようぼう》』、つまりリクエストを入《い》れ始《はじ》め、箱《はこ》の位置《いち》も、少《すこ》しずつ放送室《ほうそうしつ》の方《ほう》にずれていった。今《いま》ではすっかりリクエストボックスになってしまった、というわけだ。

「もったいないなあ」

アネは思《おも》った。なんでも聞《き》きます、って、とってもいいアイデアなのに。きっと、『要望《ようぼう》箱《ばこ》』なんてかたい言葉《ことば》を使《つか》ったから、入《い》れる気《き》が起《お》きなかったんだ。例《たと》えば『こんなことをしてほしい』とか、『困《こま》っているから助《たす》けてほしい』とか、いや、もっと気楽《きらく》に『私《わたし》の話《はなし》を聞《き》いて』なんていうのでもいい。とにかく、なんでもいいから入《い》れてみて、という箱《はこ》にすればよかったのに……そうだ！　これからそうすればいい。

『なんか、かっこよさそう』という理由《りゆう》で立候補《りっこうほ》し、役員《やくいん》になったものの、仕事《しごと》は主《おも》に委《い》員会活動《いんかいかつどう》の話《はな》し合《あ》いで、内容《ないよう》はほとんど決《き》まっている。特《とく》にかっこいいこともなく、あまりやりがいを感《かん》じていなかったアネに、いきなりやる気《き》がわいてきた。

「『長《ちょう》』がつく人《ひと》は、お世話係《せわがかり》だよ」

おばあちゃんが、言《い》ってたっけ。

「児童会長《じどうかいちょう》も、市長《しちょう》さんも、町内会長《ちょうないかいちょう》さんも、みんなが気持《きも》ちよく、何事《なにごと》もうまくいくようにって考《かんが》えながら働《はたら》く仕事《しごと》だよ。かっこいいと言《い》えばそうかもしれないけど、大変《たいへん》だよ」

なんでも箱《ばこ》に、なんでも入《い》れてもらって、なんでも話《はなし》を聞《き》く。それこそまさに、お世話《せわ》係《がかり》の仕事《しごと》って感《かん》じじゃん！

アネはさっそく、児童会《じどうかい》のほかの役員《やくいん》たちに提案《ていあん》した。が、

「大変《たいへん》だよ、それ」

会長《かいちょう》も、もう一人の副会長《ふくかいちょう》も、二人の書記《しょき》も、まったく乗《の》ってこなかった。

「もしも学校中《がっこうじゅう》の子《こ》が入《い》れてきたら、絶対対応《ぜったいたいおう》できないよ」

「いやあ、いくらなんでも、全員同時《ぜんいんどうじ》に入《い》れるってことはないと思《おも》うけど」

「全員《ぜんいん》じゃなくても、ムリだって」

あっさり却下《きゃっか》されてしまった。

……こうなったら、来年《らいねん》こそ会長《かいちょう》になる！　そして、やりたいことやってやる。

アネは心《こころ》にちかい、六年生《ねんせい》になると、再《ふたた》び立候補《りっこうほ》した。すると今回《こんかい》は、ほかに立候補者《りっこうほしゃ》がいなかったので、すんなり会長《かいちょう》に決《き》まってしまった。どうしても当選《とうせん》したくて、過激《かげき》な選挙《せんきょ》運動《うんどう》をもくろんでいたアネは、拍子《ひょうし》ぬけした。

ほかの役員《やくいん》、つまり、副会長《ふくかいちょう》二名《めい》、書記《しょき》二名《めい》は、改《あらた》めて希望《きぼう》をつのるか、推《すい》せんしてもらう、ということになった。

「いける」

実《じつ》はアネには、どうしても副会長《ふくかいちょう》に引《ひ》きずりこみたい子《こ》がいた。

それは、三、四年《ねん》で同《おな》じクラスだった千葉《ちば》シンキチだ。口《くち》は悪《わる》いがお人好《ひとよ》し、しかも、すぐおだてに乗《の》る。アネといっしょにクラス委員《いいん》を二回《かい》やったが、いやがるシンキチと、それを上手《じょうず》に動《うご》かすアネは、名《めい》コンビと呼《よ》ばれた。

アネは、まずシンキチを、自分《じぶん》の家《いえ》のお好《この》み焼《や》き屋《や》『おこのみやき　とべ』に招《まね》いた。

「シンキチ、久《ひさ》しぶり。おかあさんがね、たまにはシンちゃんの顔《かお》見《み》たいから、連《つ》れといでって」

「ああ、おばさん、ごぶさたでした」

「ハイヨ、いらっしゃい」

「シンキチ、身長《しんちょう》なかなかのびないね」

「うるっせえ、ほっとけ」

「このお好《この》み焼《や》き、カルシウムが入《はい》ってんだよ。シンキチのための特別《とくべつ》メニュー」

「ええっ、なんで？」

「おかあさんが、シンちゃんにって」

「うわー、ありがてえ。おばさん、ありがとう！」

「ハイヨ」

「シンキチさあ、二人でクラス委員《いいん》やった時《とき》、おもしろかったね」

「おもしろいわけねえだろ、おまえにこき使《つか》われて。あんなの、二度《にど》とごめんだ」

「けど、シンキチは一生懸命《いっしょうけんめい》やるから、みんなすっごく感謝《かんしゃ》してたよ。シンキチがクラス委員《いいん》で、ほんとよかったって」

「そうかあ？　まあ、オレもさあ、人《ひと》の役《やく》に立《た》てるのはうれしいし、今考《いまかんが》えると、結構楽《けっこうたの》しかったよな」

「また、ああいうのやりたいね」

「だれがやるかよ、おまえとなんか」

「シンキチ、エビのしっぽ好《す》きでしょ」

「うん、エビのしっぽって、一番《いちばん》エビらしい味《あじ》がすんだよな。なんでみんな、あんなうまいもん食《た》べないのかね」

「見《み》て見《み》て、このお好《この》み焼《や》き」

「うわっ、しっぽがいっぱい！　なんで？」

「だから、シンキチ特別《とくべつ》メニューなんだって」

「ううう、うれしい。おばさーん、ありがとう！」

「ハイヨ」

「ねえシンキチ、私《わたし》、今度《こんど》児童《じどう》会長《かいちょう》になったんだけど」

「ああ、無投票当選《むとうひょうとうせん》だったよな。会長《かいちょう》なんてよくやるよ、ご苦労《くろう》さん」

「副会長《ふくかいちょう》と書記《しょき》、まだ決《き》まってないんだ」

「ああ、そうだっけ。どうすんだよ」

「シンキチ、副会長《ふくかいちょう》やってくんない？」

「はあ⁉　ふざけんな」

「シンキチがやってくれたら、なんもこわいもんないんだけどな」

「やだよ、オレがこわいよ」

「だってシンキチ、たよりになるもん」

「たよるな」

「こんなにたのんでもダメ？」

「決《き》まってんだろ」

「実《じつ》はね、おかあさんと話《はな》したんだけど、この特製《とくせい》お好《この》み焼《や》き、シンキチが食《た》べたい時《とき》に、いつでも食《た》べに来《き》ていいって」

「ええー!!　なんでー!?」

「エビのしっぽって、捨《す》てるとこでしょ。シンキチが食《た》べてくれるなら捨《す》てなくていいから、ゴミを減《へ》らせてうれしいって」

「うわあ……でもオレ、そんなに金《かね》持《も》ってないし……」

「何《なに》言《い》ってんの、ごちそうするよ」

「はああ!?」

「ねえ、副会長《ふくかいちょう》、お願《ねが》い」

「やる！」

こうしてシンキチは、副会長《ふくかいちょう》に名《な》乗《の》りを上《あ》げることになったのだ。

シンキチが帰《かえ》ると、アネは後片付《あとかたづ》けをしながら、母《はは》に礼《れい》を言《い》った。

「ありがとう、おかあさん」

「どういたしまして。けどまあ、我《わ》が子《こ》ながらよくやるねえ」

「シンキチの分《ぶん》は、私《わたし》のおこづかいから……」

「いいよ、店《みせ》を手伝《てつだ》ってくれれば」

ほかの役員《やくいん》も、ほどなく決《き》まった。

もう一人の副会長《ふくかいちょう》は、やはり六年生《ねんせい》の大友《おおとも》カナエ。勉強《べんきょう》もスポーツもよくできるしっかり者《もの》で、推《すい》せんされるのもごもっとも、という人物《じんぶつ》なのだが、

「ごめんね。私《わたし》、すっごくいそがしいの」

学習塾《がくしゅうじゅく》三つ、習《なら》いごと二つ、おまけにサッカー部《ぶ》にも入《はい》っている。

「だから、放課後《ほうかご》に集《あつ》まって、とかいうのはむずかしいかも」

もちろん、児童会《じどうかい》の仕事《しごと》は、学校《がっこう》の時間内《じかんない》にやるものだけれど、たまに話《はな》し合《あ》いが放課後《ほうかご》になることもある。申《もう》しわけなさそうなカナエに、アネは笑《わら》ってうなずいた。

「うん、それでいいよ。よろしくね」

二人の書記《しょき》は、五年生《ねんせい》。

関本《せきもと》メグミは、クラスのくじ引《び》きで負《ま》けて選《えら》ばれたということで、まったく気乗《きの》りしない様子《ようす》だった。

逆《ぎゃく》に、岩井《いわい》タイジは、勢《いきお》いで選《えら》ばれてその気《き》になったお調子者《ちょうしもの》で、

○なんでも箱の
提案

「書記《しょき》って、なんか書《か》くの？　オレ、字《じ》ヘタだからなあ。ま、いっか」

体《からだ》をくねらせて、にこにこしている。

どうも、シンキチ以外《いがい》はたよりになるのかどうか、よくわからない。けれど、最初《さいしょ》から心《しん》配《ぱい》してもしかたがない。アネは、あまり気《き》にしないことにした。

全員《ぜんいん》そろったところで、アネはさっそく、去年失敗《きょねんしっぱい》した『箱《はこ》』の話《はなし》を切《き》り出《だ》した。言《い》いたいこと、聞《き》きたいこと、たのみたいこと、なんでもいいから紙《かみ》に書《か》いて入《い》れて下《くだ》さい、という『なんでも箱《ばこ》』の提案《ていあん》だ。

「どう思《おも》う？　こういうの」

みんな、だまって聞《き》いていた。アネが話《はな》し終《お》わると、シンキチは、うーんとうなって、

「おもしろそうだけど、すっげえ大変《たいへん》かも」

すると、大友《おおとも》カナエが、

「うん、大変《たいへん》かもね。でも、やってみる価値《かち》はあるような気《き》がする」

カナエにすずしげな目《め》を向《む》けられて、シンキチは、でれっとほおをゆるめた。

「そうだよねえ。オレも、あると思《おも》う」

どうやらカナエは、シンキチの好《この》みのタイプらしい。

『ますます使《つか》える』

アネは、心《こころ》の中《なか》でニヤリとした。

二人の書記《しょき》は、よくわからないからどうでもいいよ、という様子《ようす》だ。つまり、反対者《はんたいしゃ》は、なし。アネは、ほっとした。

こうして、『なんでも箱《ばこ》』は誕生《たんじょう》した。

さっそくアネは、放送委員《ほうそういいん》にたのんで、昼《ひる》の校内放送《こうないほうそう》『大江《おおえ》ノ木《き》ランチタイム』の中《なか》で宣《せん》伝《でん》することにした。

「児童会《じどうかい》の部屋《へや》の前《まえ》に、箱《はこ》を置《お》くことにしました。『なんでも箱《ばこ》』といいます。児童会《じどうかい》に言《い》いたいこと、聞《き》きたいこと、相談《そうだん》したいこと、なんでも構《かま》いません。紙《かみ》に書《か》いて入《い》れて下《くだ》さい。できる限《かぎ》りお答《こた》えします」

新《あたら》しい箱《はこ》が、リクエスト箱《ばこ》のとなりに置《お》かれた。

放送《ほうそう》の次《つぎ》の日《ひ》、最初《さいしょ》の紙《かみ》が入《はい》った。二年生《ねんせい》の女《おんな》の子《こ》からだった。

『このはこには、なにをかいていれたらいいんですか？』

アネは、その子《こ》の教室《きょうしつ》に行《い》って、

「なんでもいいよ」

と返事《へんじ》をした。

次《つぎ》に入《はい》っていたのは、名前《なまえ》が書《か》かれていない紙《かみ》。

『こんなもの作《つく》っても、時間《じかん》のムダ』

「だれだこいつ」

シンキチは激怒《げきど》した。

「ほっとけってんだよ。見《み》つけ出《だ》して、シバきたおしてやる」

いかりまくるシンキチに、

「いいのよ、何《なに》を書《か》いても。『なんでも箱《ばこ》』なんだから」

そう言《い》いながら、アネも正直《しょうじき》なところ、シバきたおしたい気分《きぶん》だった。

そのうち、少《すこ》しずつ入《はい》る紙《かみ》が増《ふ》えてきた。

『お昼《ひる》の放送《ほうそう》にリクエストしても全然《ぜんぜん》かけてくれないので、公平《こうへい》にかけるように言《い》ってほしい』

『逆上《さかあ》がりのコツを教《おし》えてほしい』

などなど。児童会役員《じどうかいやくいん》たちは、だんだんいそがしくなってきた。

そんなある日《ひ》の昼休《ひるやす》み。

『ぼくは、応援部《おうえんぶ》の部長《ぶちょう》ですが、部《ぶ》のことでなやんでいます。今《いま》、部員《ぶいん》は三人《にん》で、顧問《こもん》の先生《せんせい》はお休《やす》み中《ちゅう》、もう一人の先生《せんせい》もたよりになりません。めちゃめちゃ盛《も》り下《さ》がっています。どうすれば盛《も》り上《あ》がるでしょうか』

アネは、なんでも箱《ばこ》に入《はい》っていたその紙《かみ》を読《よ》んで、部員勧誘《ぶいんかんゆう》にいそしむ応援部長《おうえんぶちょう》の姿《すがた》を思《おも》い出《だ》した。

「応援部《おうえんぶ》ね、やってたやってた、チラシ配《くば》り。へえ、二人入《はい》ったんだ、よかったじゃない」

すると、シンキチが腕組《うでぐ》みして、

「けどさあ、やっと二人だよ。さびしくねえ?」

「うーん、まあ、確《たし》かにねえ」

放課後《ほうかご》、アネは、応援部長《おうえんぶちょう》を児童会室《じどうかいしつ》に招《まね》いた。カナエ、メグミ、タイジは用事《ようじ》があったので、シンキチと二人で話《はなし》を聞《き》くことにした。

児童会室《じどうかいしつ》に現《あらわ》れた三原《みはら》ハルタは、部屋《へや》の中《なか》をめずらしそうに見回《みまわ》した。

「へえ、こうなってんだ。意外《いがい》とせまいなあ」

もともとは、放送用具《ほうそうようぐ》の倉庫《そうこ》として、テープの保管《ほかん》などに使《つか》われていた部屋《へや》だ。むかしは、もう少《すこ》し広《ひろ》い児童会室《じどうかいしつ》があったのだけれど、そこを先生《せんせい》の会議室《かいぎしつ》として使《つか》うことになり、引《ひ》っ越《こ》してきたという話《はなし》だった。

「ちょっとうるさいけど、気《き》にしないでね」

となりから、放送委員《ほうそういいん》たちの楽《たの》しそうな笑《わら》い声《ごえ》が聞《き》こえてくる。次《つぎ》の日《ひ》にかける曲《きょく》を選《えら》んでいるらしい。

「ええっと、応援部《おうえんぶ》、盛《も》り上《あ》げたいのよね」

「うん。実《じつ》は……」

ハルタは、応援部《おうえんぶ》が直面《ちょくめん》している危機《きき》について話《はな》した。

「……てわけで、もしかしたら、つぶされるかもしれないんだ」

シンキチが、目《め》を丸《まる》くした。

「うわあ。大変《たいへん》じゃん」

「うん。それで、何《なに》か自分《じぶん》たちにできることがあればって思《おも》うんだけど、何《なに》をすればいいのか、よくわかんなくて」

アネもシンキチも、応援部員募集《おうえんぶいんぼしゅう》のチラシを一生懸命配《いっしょうけんめいくば》っていたハルタの姿《すがた》を目《め》にしていた。あれでやっと新入部員《しんにゅうぶいん》二人をつかまえたというのだから、これからさらに増《ふ》やすのは、なかなかむずかしそうだ。どうすれば、盛《も》り上《あ》げられるだろう。

アネとシンキチの目《め》が合《あ》った。シンキチはあわてて、

「ちょっと待《ま》て。オレ今《いま》、相談《そうだん》三つかかえてんだぞ」

「わかってるよ、なんも言《い》ってないでしょ」

アネも、なんでも箱《ばこ》に入《はい》っていた相談《そうだん》を二つかかえている。いそがしいカナエにはたのめそうにないし、五年書記《ねんしょき》のメグミとタイジには、荷《に》が重《おも》そうだ。

アネは、急《きゅう》にニヤリとした。

「じゃあ、奥《おく》の手《て》、出《だ》すか」

二　コトリ

（一）

応援部《おうえんぶ》の練習日《れんしゅうび》は、もともとは火曜《かよう》と金曜《きんよう》だったけれど、顧問《こもん》の沼川《ぬまかわ》マリ先生《せんせい》が休《やす》むようになってから、いつの間《ま》にか火曜日《かようび》だけになっていた。

その火曜日《かようび》の放課後《ほうかご》、ハルタ、ミユミ、ノリタロウは、部室《ぶしつ》である音楽室《おんがくしつ》でなく、連《つ》れ立《だ》って学校《がっこう》の外《そと》を歩《ある》いていた。

「児童会長《じどうかいちょう》が、『私《わたし》のブレーンを紹介《しょうかい》するから、その子《こ》に相談《そうだん》してみて』だって」

ハルタの説明《せつめい》に、ミユミは首《くび》をかしげた。

「『ブレーン』って、なんですか？」

「『頭脳《ずのう》』だよ」

ノリタロウが、当《あ》たり前《まえ》だ、という顔《かお》で口《くち》をはさんだ。

「『私《わたし》のブレーン』っていう時《とき》は、自分《じぶん》のためにいろいろ考《かんが》えてくれたり、助言《じょげん》してくれたりする人《ひと》のことだよ。わかる？」

上《うえ》から見下《みお》ろすような言《い》い方《かた》に、ミユミはカチンときた。もともと、ノリタロウの物言《ものい》いは気《き》に入《い》らなかったのだ。自分《じぶん》にだけならともかく、部長《ぶちょう》のハルタにまでぞんざいな口《くち》をきくのが、道場《どうじょう》で礼節《れいせつ》のなんたるかを教《おし》えられたミユミには、がまんならなかった。

「私《わたし》は、部長《ぶちょう》に聞《き》いたの！」

いきなりかみついたので、ノリタロウはだまりこんだ。ハルタの方《ほう》があわてた。

「うん、まあ、そういうことだよ。いやあ、久末《ひさすえ》くんは、くわしいね」

ハルタにほめられても、ノリタロウは返事《へんじ》もしない。それでまた、ミユミがカッとなったのがわかったので、ハルタは急《いそ》いで、

「えーっと、五年生《ねんせい》だよ、児童会長《じどうかいちょう》のブレーンさんて」

アネからもらった紙《かみ》を、ひらひらさせた。

「その子《こ》んちまでの地図《ちず》をもらったんだ。名前《なまえ》は、音羽《おとわ》さん」

ミユミがおどろいて、

「音羽《おとわ》さんって、音羽《おとわ》コトリちゃん？」

「えーっと、ああ、そうかな」

地図《ちず》には、目指《めざ》す家《いえ》の中《なか》に鳥《とり》の絵《え》がかいてあった。

「ははは、これ名前《なまえ》か。ペットショップかと思《おも》った。小津《おづ》さん、同級生《どうきゅうせい》？」

「はい、去年《きょねん》からいっしょです」

「どんな子《こ》？」

するとと、だまっていたノリタロウが、

「知《し》らないの？　有名人《ゆうめいじん》なのに」

有名人《ゆうめいじん》？

「あっ、あそこです、コトリちゃんち」

表通《おもてどお》りから横《よこ》に入《はい》った静《しず》かな道《みち》の一角《いっかく》。壁《かべ》につたをはわせた小《ちい》さな家《いえ》があった。ポストには、『音羽《おとわ》』『青山《あおやま》』と二つの名前《なまえ》が並《なら》んでいて、ドアの横《よこ》に、『青山和裁教室《あおやまわさいきょうしつ》』という小《ちい》さなふだが下《さ》がっていた。

チャイムをおすと、ほどなく、すずしげな着物《きもの》を着《き》た女《おんな》の人《ひと》が出《で》てきた。

「はい、まあ、いらっしゃい。アネちゃんから聞《き》いてるわよ、どうぞどうぞ」

どうやら、『ブレーン』のおばあさんのようだ。

「アネちゃん、よく遊《あそ》びに来《き》ていたのに、このごろいそがしそうね。あなたたち、たまには顔出《かおだ》しなさいって、アネちゃんに言《い》っといて」

ハルタたちが玄関《げんかん》でくつをぬぐ間《あいだ》、ずっとしゃべっている。

「私《わたし》、着物《きもの》の仕立《した》て方《かた》を教《おし》えてるんだけど、あなたたちも習《なら》ってみない？ これから浴衣《ゆかた》の季節《きせつ》でしょ、ちょうどいいわよ」

ハルタたちを案内《あんない》して、ろうかを歩《ある》く間《あいだ》も、ずっとしゃべっている。

「子《こ》どもの時《とき》からぬいものをやってると、手先《てさき》が器用《きよう》になるわよ。男《おとこ》の子《こ》にもおすすめよ」

すると、突然《とつぜん》、

「〈おばあちゃん、うるさいよ〉」

突《つ》き当《あ》たりの部屋《へや》から、本《ほん》を棒読《ぼうよ》みするような、でも、アニメみたいにかわいい声《こえ》が聞《き》こえてきた。

「こらっ、何《なに》がうるさいですか」

おばあさんが、ぴしゃりと返《かえ》した。

部屋《へや》の入《い》り口《ぐち》で、ハルタはびっくりして立《た》ち止《ど》まった。ベッドの上《うえ》に、女《おんな》の子《こ》が横向《よこむ》きにねて、こっちを見《み》ている。

……ああ、有名《ゆうめい》って、そういうことか。

ハルタもその子《こ》のことは知《し》っていたけれど、学年《がくねん》がちがい、話《はなし》をしたことがなかったので、名前《なまえ》を聞《き》いてもすぐに結《むす》びつかなかったのだ。

音羽《おとわ》コトリは、キャスターのついた小《ちい》さな移動式《いどうしき》ベッドに乗《の》って、学校《がっこう》に来《く》る。生《う》まれつき体《からだ》が弱《よわ》く、毎日外《まいにちそと》に出《で》るのは体《からだ》に負担《ふたん》がかかるので、週《しゅう》に二日だけ。ベッドで登校《とうこう》する女《おんな》の子《こ》は、学校《がっこう》の中《なか》で一人だけなので、その意味《いみ》で有名《ゆうめい》だった。

カチ、カチ。コトリは、横《よこ》に置《お》いてあるノート型《がた》パソコンに、何《なに》やら入力《にゅうりょく》していた。画面《がめん》に映《うつ》し出《だ》されたキーボードのボタンを、マウスで一つずつクリックしていく。すると、

「〈こんにちは〉」

さっきのかわいい声《こえ》が、パソコンのスピーカーから聞《き》こえてきた。

コトリは、自分《じぶん》でうまく呼吸《こきゅう》ができないので、のどに人工呼吸器《じんこうこきゅうき》をつけている。呼吸器《こきゅうき》がずれないように固定《こてい》すると、しゃべれない。それで、パソコンに文字《もじ》を入力《にゅうりょく》して、それを音声《おんせい》に変《か》えているのだ。人工呼吸器《じんこうこきゅうき》のポンプが動《うご》くシューシューという音《おと》が、部屋《へや》の中《なか》を

波《なみ》のようにただよっていた。

「やっほー、コトちん」

ミユミが手《て》をふると、カチカチとパソコンに入力《にゅうりょく》する間《あいだ》が少《すこ》し空《あ》いて、

「〈やっほー、ミユちん〉」

かわいいパソコンの声《こえ》で、コトリが返事《へんじ》した。ハルタはあわてて、

「はじめまして。えーと、応援部部長《おうえんぶぶちょう》の三原《みはら》ハルタです。小津《おづ》さんは同級生《どうきゅうせい》だよね。こっちは、久末《ひさすえ》ノリタロウくん。きょうは、よろしくお願《ねが》いします」

カチ、カチカチ。

「〈人《ひと》の応援《おうえん》なんておせっかいなこと、何《なに》がおもしろいの?〉」

うわっ、いきなりきついなあ……ハルタは、アネに言《い》われていたことを思《おも》い出《だ》した。

「私《わたし》のブレーンを紹介《しょうかい》するから、その子《こ》に相談《そうだん》してみて。ちょっと性格《せいかく》きついけど、かしこいし、時間《じかん》はたっぷりあるから、いろいろ考《かんが》えてくれると思《おも》うんだ」

ずけずけ言《い》われるのは、覚悟《かくご》の上《うえ》だった。……でも、あれ?

「何《なに》がおもしろいんだっけ?」

春休《はるやす》みからこっち、まだちゃんと応援部《おうえんぶ》の活動《かつどう》を始《はじ》めていなかったので、頭《あたま》の中《なか》が空白《くうはく》だ。

顔《かお》にハテナマークが浮《う》かんでいるハルタを、ミユミが不安《ふあん》そうに見《み》ている。それに気《き》づいたハルタは急《いそ》いで、

「おもしろいよ、応援《おうえん》。いや、おもしろいっていうか……」

そうそう、思《おも》い出《だ》した、ふだんは出《だ》せないような大声《おおごえ》を出《だ》せる爽快感《そうかいかん》。

「思《おも》いっ切《き》りでかい声出《こえだ》すと、超気持《ちょうきも》ちいいし」

それから、ポーズをビシッと決《き》めた時《とき》の気分《きぶん》。

「かっこいいんだよねえ、これが。なーんて、ハハ、自分《じぶん》で言《い》うか」

そして、一番《いちばん》いいのが、

「すっごく応援《おうえん》して勝《か》った時《とき》なんて、もう、サイコー！」

よだれでも出《で》そうな、うっとりしたハルタの顔《かお》に、コトリもミユミもノリタロウも、きょとんとしている。

カチ、カチ、カチ。

「〈勝《か》てばうれしいだろうけど、負《ま》けることもあるでしょう？　そんな時《とき》、がっかりしないの？〉」

「あー、そうだねえ」

去年《きょねん》の野球部《やきゅうぶ》は、特別強《とくべつつよ》い、というわけではなかったので、がっかりすることも少《すく》なくなかった。

ある時《とき》、試合《しあい》に負《ま》けてがっくりきている応援部員《おうえんぶいん》たちに、沼川《ぬまかわ》マリ先生《せんせい》がこんなことを言《い》っていた。――勝負《しょうぶ》には、必《かなら》ず勝《か》ちと負《ま》けがある。勝《か》てばうれしいし、負《ま》ければくやしいけれど、勝《か》つのも負《ま》けるのも、同《おな》じぐらい大事《だいじ》なこと。どちらにも大《おお》きな意味《いみ》がある。ムダなことなんて、何《なに》もない。――

「がっかりはするけど、応援《おうえん》してる間《あいだ》はそんなこと考《かんが》えてないし、負《ま》けたら負《ま》けたで、まあ、次《つぎ》があるし。やっぱ、おもしろいよ」

コトリは、ハルタの顔《かお》をじっと見《み》て、マウスをカチカチ鳴《な》らした。

「〈じゃあ、応援部《おうえんぶ》の応援《おうえん》、見《み》せて下《くだ》さい〉」

よっしゃー！　みんなやるぞー！　と言《い》いたいところだけれど、まだ一度《いちど》も三人《にん》で練習《れんしゅう》していないので、

「えーと、新人二人《しんじん》は、まだやったことないから、ぼく一人でやります」

ハルタは、まずろうかに出《で》た。せまい所《ところ》でやるには、声《こえ》がでかすぎるからだ。少《すこ》しはなれてふりむくと、部屋《へや》の中《なか》からコトリたちがこちらを見《み》ている。

腕《うで》を後《うし》ろで組《く》み、足《あし》を広《ひろ》げてしっかり立《た》つと、ハルタは胸《むね》をはって、すーっと息《いき》を吸《す》いこんだ。

「フレ――――

フレ――――

オオエノキ――――

そーれっ

フレ、フレ、オオエッ

フレ、フレ、オオエッ」

両手《りょうて》を胸《むね》の前《まえ》にそろえてひじをはり、かけ声《ごえ》といっしょに腕《うで》を動《うご》かす。

もとの姿勢《しせい》にもどして、一礼《いちれい》。

部屋《へや》にもどると、みんな拍手《はくしゅ》しながらハルタをむかえた。

カチ、カチ。コトリがマウスを鳴《な》らした。

「〈ちょっと、かっこいいです〉」

おっと、思《おも》いがけずほめられた。

「えへ、ありがと」

カチカチ、カチ。

「〈応援部《おうえんぶ》は、だれの応援《おうえん》をするの？〉」

「野球部《やきゅうぶ》の試合《しあい》。『学童五輪《がくどうごりん》』とか『なんとか新聞杯《しんぶんはい》』とか、来月《らいげつ》からいろいろ始《はじ》まるんだ。だから、今月《こんげつ》は練習中心《れんしゅうちゅうしん》だけど」

カチ、カチ。

「〈ほかには？〉」

「あとは、秋《あき》の運動会《うんどうかい》。赤組白組《あかぐみしろぐみ》の応援団《おうえんだん》とは別《べつ》に、模範演技《もはんえんぎ》をやるんだ」

カチ、カチカチ。

「〈野球部以外《やきゅうぶいがい》は応援《おうえん》しないの？〉」

「うん。もともと野球部《やきゅうぶ》の応援《おうえん》から始《はじ》まった部活《ぶかつ》だし、ほかの部《ぶ》の応援《おうえん》まで始《はじ》めると、いそがしくなりすぎるって、沼川先生《ぬまかわせんせい》が言《い》ってたなあ」

カチカチ、カチ。

「〈試合《しあい》って、そんなにたくさんあるの？〉」

「うん、結構《けっこう》あるよ。二学期《がっき》は、特《とく》に」

コトリは少《すこ》し考《かんが》えて、カチ、カチカチ。

「〈でも、二学期《がっき》じゃなくて、今《いま》すぐ盛《も》り上《あ》げたいんでしょ〉」

「うん、そう」

ハルタはうなずく。

カチカチカチ、カチ。

「〈とりあえず、応援部《おうえんぶ》にできることをやるしかないと思《おも》うんだけど、どうでしょう〉」

「うん、そうだよね」

ミユミもうなずく。

カチ、カチ、カチ。

「〈で、応援部《おうえんぶ》にできることって、何《なに》？〉」

「それは、応援《おうえん》しかないよね」

ノリタロウが、ぽつりとつぶやいた。えっ、そりゃそうだけど、とハルタが思《おも》っていると、カチカチ。

「〈じゃ、とにかく応援《おうえん》するしかないんじゃないの？　野球部《やきゅうぶ》だけなんて言《い》ってないで、ほかの部《ぶ》でもなんでも〉」

ほかの部《ぶ》!?　いきなりそんなことを言《い》われても、今《いま》まで考《かんが》えたことがなかったので、まるでピンとこない。

カチ、カチカチ。コトリがマウスを鳴《な》らす。

「〈動《うご》かないと、何《なに》も始《はじ》まらないよ〉」

「できないよ。今月《こんげつ》は、どの部《ぶ》もまだ試合《しあい》がないんだから」

ノリタロウが口《くち》をとがらせる。すると、カチ、カチ、カチ。

「〈じゃ、練習《れんしゅう》の応援《おうえん》でもやれば？〉」

練習《れんしゅう》の応援《おうえん》!?　キャッチボールや素《す》ぶり、ランニングの横《よこ》でフレー・フレーってのは、ちょっと……。

「それ、意味《いみ》あるのかな」

ノリタロウが反論《はんろん》すると、カチカチ、カチカチ。

「〈そういうことは、ちゃんと応援《おうえん》できるようになってから言《い》ってよね〉」

ノリタロウは、ムッとした顔《かお》になった。

「どうせ、ぼくは旗持《はたも》つだけだから」

どうせ、なんて言《い》われても困《こま》るんだけど……と、ハルタは思《おも》った。

カチカチ、カチ。

「〈ミユちんは、何《なに》をするの？〉」

「私《わたし》？　私《わたし》は……」

ミユミが、ハルタの顔《かお》を見《み》た。まだ、担当《たんとう》を決《き》めていなかったのだ。

「小津《おづ》さんには、太鼓《たいこ》をたたいてもらおうと思《おも》ってるんだ」

柔道《じゅうどう》できたえているので、力《ちから》のこもった音《おと》が期待《きたい》できそうだ。ミユミは、うれしそうにうなずいた。

「はい。自分《じぶん》、太鼓《たいこ》やります」

カチ、カチ。

「〈がんばってね〉」

「うん」

そこへ、

「さあさ、お茶《ちゃ》どうぞ」

コトリのおばあさんが、冷《つめ》たいお茶《ちゃ》を持《も》ってきてくれた。

「ありがとうございます」

三人《にん》とも、ほっとした。コトリがあまりにずけずけ言《い》うので、結構《けっこう》へコんでいたところだったのだ。

あまみのあるおいしい緑茶《りょくちゃ》を、みんなゴクゴク飲《の》んだ。コトリも、横《よこ》になったままストローで飲《の》んだ。

「この子《こ》、口《くち》が悪《わる》いでしょ。気《き》にしないでね」

おばあさんが笑《わら》いながら言《い》うと、カチ、カチ。

「〈おばあちゃんに、似《に》たんです〉」

「もう、何言《なにい》うの。私《わたし》は、口悪《くちわる》くなんかありませんよ」

カチ、カチカチ。

「〈そうかな？　おとうさん、時々《ときどき》こわがってますよ〉」

「こらっ、まったくもう」

コトリの目《め》がおもしろそうに動《うご》いて、急《きゅう》に下《した》を向《む》いた。少《すこ》しつかれたようだ。ハルタは湯《ゆ》飲《の》みを返《かえ》して、

「ごちそうさまでした。音羽《おとわ》さん、ありがとう。みんなでいろいろ考《かんが》えてみるよ」

カチ、カチ、カチ。

「〈この次《つぎ》は、三人《にん》の応援《おうえん》を見《み》せてね〉」

「うん。ちゃんと練習《れんしゅう》しとくよ」

カチ、カチ。

「〈じゃあね、ミユちん〉」

「バイバイ、またね」

ミユミが、元気《げんき》よく手《て》をふった。

ノリタロウは何《なに》も言《い》わず、さっさと部屋《へや》を出《で》ていった。

（二）

「フレ―――――」

どどん。

「フレ―――――」

どどん。

「オオエノキ―――――」

どどどん。

金曜日《きんようび》の放課後《ほうかご》。部室《ぶしつ》である音楽室《おんがくしつ》の壁《かべ》にはってある、バッハやベートーベンの肖像画《しょうぞうが》が見守《みまも》る中《なか》、ハルタの声《こえ》と、ミユミのたたく太鼓《たいこ》の音《おと》がひびきわたる。

「いいよ、小津《おづ》さん。上手《じょうず》、上手《じょうず》」

真剣《しんけん》な顔《かお》でばちをふっていたミユミは、ハルタにほめられて、うれしそうにほおをゆるめた。

「ありがとうございます」

応援部《おうえんぶ》が使《つか》う太鼓《たいこ》は、持《も》ち運《はこ》ぶのに便利《べんり》な、小《ちい》さめの和太鼓《わだいこ》だ。大太鼓《おおだいこ》の重々《おもおも》しさはないけれど、しっかりした音《おと》が出《で》る。

ノリタロウは、応援部《おうえんぶ》の旗《はた》を持《も》って、じーっと立《た》っている。旗《はた》は、応援部《おうえんぶ》の先輩《せんぱい》がプレゼントしてくれたもので、小学生《しょうがくせい》でも持《も》ちやすいように、軽《かる》い素材《そざい》で作《つく》ってある。長《なが》い時間《じかん》、腕《うで》だけで持《も》ち続《つづ》けるのは大変《たいへん》なので、専用《せんよう》のベルトで固定《こてい》して、体全体《からだぜんたい》で支《ささ》えるようにしてあった。

ハルタとミユミが声《こえ》と音《おと》をはり上《あ》げている間《あいだ》、ノリタロウは、ピクリともせずに立《た》っている。

「腰《こし》を入《い》れろ、腰《こし》を」

校庭《こうてい》から、サッカー部《ぶ》顧問《こもん》の刈谷先生《かりやせんせい》のどなり声《ごえ》が聞《き》こえてきた。

「ふんばってないから、ふらふらするんだ」

ゴールキーパーをしかっているようだ。

ハルタは、ノリタロウがひどくイヤそうな顔《かお》をして、腰《こし》を入《い》れてふんばっていることに気《き》がついた。どうやら、刈谷先生《かりやせんせい》の声《こえ》につられたようだ。

「久末《ひさすえ》くん、もっと力《ちから》をぬいていいよ」

ハルタが声《こえ》をかけると、ノリタロウは、自分《じぶん》でも外《そと》の声《こえ》につられたことに気《き》がついて、それがはずかしいのか、

「力《ちから》なんか入《い》れてないけど」

なんのことかわからない、というように首《くび》をふった。

応援部《おうえんぶ》とサッカー部《ぶ》の練習日《れんしゅうび》は、同《おな》じ火曜《かよう》と金曜《きんよう》なので、ハルタは去年《きょねん》一年間《かん》、外《そと》から聞《き》こえてくる刈谷先生《かりやせんせい》のどなり声《ごえ》をずっと耳《みみ》にしていた。気《き》が短《みじか》い先生《せんせい》は、練習《れんしゅう》の間中《あいだじゅう》、だれかをどなりつけている。ああいうの苦手《にがて》だな、とハルタは思《おも》う。先生《せんせい》はどうやら、上手《じょうず》な子《こ》が好《す》きで、ヘタな子《こ》はきらいらしい。だって、声《こえ》の調子《ちょうし》がまるっきりちがうもの。なんてことを沼川先生《ぬまかわせんせい》に話《はな》したら、先生《せんせい》はちょっと困《こま》った顔《かお》をして、こう言《い》ってたっけ。

「刈谷先生《かりやせんせい》も、みんなにうまくなってほしいから、厳《きび》しく指導《しどう》してらっしゃるんでしょうけどね」

「ふうん……みんながみんな、プロになりたいんなら、しかたないかもしれないけどね」

このハルタの言葉《ことば》に、沼川先生《ぬまかわせんせい》はニヤリとして、

「三原《みはら》くん、プロの応援団《おうえんだん》になる？　なら、ビシバシやるわよ」

「いやあ、えんりょしときます」

沼川先生《ぬまかわせんせい》と二人で、笑《わら》いころげたものだ。

そんなことを思《おも》い出《だ》していると、

「あのさあ」

ノリタロウが、旗《はた》をにぎったまま、窓《まど》の外《そと》に目《め》をやった。

「音羽《おとわ》さんが言《い》ってたことだけど、どうするの？　練習《れんしゅう》の応援《おうえん》なんて、どう考《かんが》えてもヘンだよ」

校庭《こうてい》では相変《あいか》わらず、刈谷先生《かりやせんせい》のどなり声《ごえ》がひびきわたっている。ここに、『フレー、フレー』が入《はい》りこむすきなど、とてもなさそうだ。

「うーん、そうだなあ。いくらなんでも、練習《れんしゅう》の応援《おうえん》っていうのは、ちょっと……」

ミユミを見《み》ると、むずかしい顔《かお》で考《かんが》えこんでいた。友《とも》だちのコトリの提案《ていあん》とはいえ、賛成《さんせい》しかねているようだ。

「じゃ、野球部《やきゅうぶ》以外《いがい》の試合《しあい》の応援《おうえん》も、なしだよね」

ノリタロウは、児童会長《じどうかいちょう》のブレーンの提案《ていあん》を、どれも受《う》け入《い》れたくないらしい。

けれど、ハルタの方《ほう》はちがった。

「いや、それは悪《わる》くないと思《おも》うんだ」

最初《さいしょ》は、ただ面《めん》くらっただけだった。けれどハルタは、沼川先生《ぬまかわせんせい》の言葉《ことば》を思《おも》い出《だ》したのだ。

「『ここに味方《みかた》がいるぞ!』みたいな応援《おうえん》ができたらいいな、って思《おも》ったの」

先生《せんせい》は、初代応援部員《しょだいおうえんぶいん》になった時《とき》の気持《きも》ちを、こう話《はな》してくれた。

「少《すこ》しでも、支《ささ》えや力《ちから》になれたらいいな、ってね」

それは、どんな競技《きょうぎ》でも変《か》わらないはずだ、とハルタは考《かんが》えたのだ。

「それに、考《かんが》えてみたら、応援部《おうえんぶ》の正式《せいしき》な名前《なまえ》は『部活動応援団部《ぶかつどうおうえんだんぶ》』だから、野球部専属《やきゅうぶせんぞく》ってわけでもないし。応援部《おうえんぶ》を盛《も》り上《あ》げるには、いいやり方《かた》だと思《おも》うんだ」

たった三人《にん》だけど、自分《じぶん》たちが活発《かっぱつ》に部活《ぶかつ》を続《つづ》けていれば、みんなに『応援部《おうえんぶ》、がんばってるな』って認《みと》めてもらえるんじゃないか。

「でも、そんなこと始《はじ》めたら、休《やす》むヒマなくなっちゃうよ」

ノリタロウが口《くち》をとがらせた。ハルタは急《いそ》いで、

「もちろん、ムリはしないつもりだけど」

一方《いっぽう》ミユミは、

「部長《ぶちょう》、自分《じぶん》、ムリできます」

やる気《き》まんまんだ。

「ふうん」

ノリタロウは、不満《ふまん》げに鼻《はな》を鳴《な》らした。

その時《とき》、

「あれ、野球部《やきゅうぶ》以外《いがい》の応援《おうえん》て、やってなかったっけ？　言《い》われてみれば、そうだなあ」

いきなり声《こえ》がした。元応援部員《もとおうえんぶいん》の中森《なかもり》ユウトクだ。いつの間《ま》に入《はい》ったのか、後《うし》ろのいすに座《すわ》って、うわぐつのかたっぽを足《あし》でくるくる回《まわ》している。

ハルタは、まゆをつり上《あ》げた。

「おまえ、なんでいるんだよ。部員《ぶいん》じゃないだろ」

「いいじゃん、ヒマだし」

「じゃあ入《はい》れよ、部《ぶ》に」

「ヤだよ」

ユウトクは、めんどくさそうに首《くび》をふって、

「それより、いつの間《ま》に、そんな話《はなし》になってんの？」

そうだ、忘《わす》れていたけど、なんでも箱《ばこ》に相談《そうだん》するようにすすめてくれたのはユウトクだっけ。ハルタは、児童会長《じどうかいちょう》にブレーンを紹介《しょうかい》してもらったことを、簡単《かんたん》に報告《ほうこく》した。

「へえ、よかったじゃん。で、そのブレーンって、男子《だんし》？　女子《じょし》？」

「女《おんな》の子《こ》」

ハルタが答《こた》えると、ユウトクは、興味深《きょうみぶか》げに身《み》を乗《の》り出《だ》した。

「どんな子《こ》？　かわいい子《こ》？」

すると、ノリタロウが不機嫌《ふきげん》な顔《かお》をして、

「声《こえ》ばっかりかわいくて、性格《せいかく》は全然《ぜんぜん》かわいくない。だいたい、ほんとの声《こえ》じゃないし」

コトリに、きついことを言《い》われたのを思《おも》い出《だ》したのだ。とたんに、

「はあ!?」

ミユミの顔色《かおいろ》が変《か》わった。ハルタはあわてて、

「久末《ひさすえ》くん！」

たしなめようとしたけれど、おそかった。ミユミは、ノリタロウにつかみかからんばかりの勢《いきお》いで、

「言《い》っとくけど、コトちんの声《こえ》は、あれだけじゃないんだから！　あんたねえ、コトちんからオヤジ声《ごえ》でどなられなかっただけでも、ありがたいと思《おも》いなよ！」

……へえ、あのパソコンにはオヤジ声《ごえ》も入《はい》ってるんだ……ハルタは、ひそかに感心《かんしん》した。

ノリタロウは、だまりこんだ。ユウトクはといえば、目《め》を白黒《しろくろ》させながら、

「……すごい子《こ》みたいだなあ」

「だから、おまえさあ」

関係《かんけい》ないだろ、とハルタが言《い》いかけたのを、ユウトクはさえぎって、

「わかったわかった、もう帰《かえ》る。バイバーイ」

口笛《くちぶえ》を吹《ふ》きながら、音楽室《おんがくしつ》を出《で》ていった。

ミユミはノリタロウをにらみつけたままだし、ノリタロウはそっぽを向《む》いている。ユウトクが来《き》たせいで、ぐちゃぐちゃだ。ハルタはため息《いき》をついた。とりあえず、きょうの練習《れんしゅう》は、このへんでやめておこう。

「じゃあ、きょうのしめに、応援部伝統《おうえんぶでんとう》のかけ声《ごえ》、やっとくね」

気《き》を取《と》り直《なお》して、腕《うで》を後《うし》ろで組《く》むと、胸《むね》をはった。すーっと息《いき》を吸《す》いこんで、

「オーエノキオーエーン、いくぞーっ！」

ハルタの太《ふと》い声《こえ》に、

「オーッ！」

ミユミも、かんだかい声《こえ》をはり上《あ》げた。

ノリタロウは、何《なに》も言《い》わない。ハルタとミユミが視線《しせん》を向《む》けると、

「ぼく、大《おお》きい声出《こえだ》すの、苦手《にがて》なんで」

と、ぼそりと言《い》った。

「音羽《おとわ》さんのパソコン、ぼくもほしいぐらいなんで」

また、ミユミがおこり出《だ》すのではないかとハルタは心配《しんぱい》したけれど、今度《こんど》はミユミも、あきれたようにだまったままだった。

久末《ひさすえ》くん、なんで応援部《おうえんぶ》に入《はい》る気《き》になったのかな？　ハルタは、改《あらた》めて思《おも》った。


……いろいろあったけど、まあ、ちょっとは部活《ぶかつ》っぽくなってきたかな。

帰《かえ》り道《みち》、少《すこ》しだけほっとしながら、ハルタは歩《ある》いていた。教頭先生《きょうとうせんせい》に呼《よ》び出《だ》されてからずっと、あせることやとまどうことの連続《れんぞく》だったけれど、一歩《いっぽ》ふみ出《だ》せた気《き》がした。

夕方《ゆうがた》の買《か》い物客《ものきゃく》でにぎわう商店街《しょうてんがい》をぬけて、角《かど》の中華料理店《ちゅうかりょうりてん》の前《まえ》を通《とお》りかかった。ここは、クラスメートの林《はやし》リョウの家《いえ》だ。横《よこ》の駐車場《ちゅうしゃじょう》でバシバシとボールのはねる音《おと》が聞《き》こえるので、のぞいてみると、リョウがバスケットボールでドリブルをしていた。

「よう、ハル」

ハルタに気《き》がついたリョウは、ドリブルを続《つづ》けながら片手《かたて》を上《あ》げた。

「よう、リョウ。練習《れんしゅう》？」

「うん、自主練習《じしゅれんしゅう》」

リョウはバスケットボール部員《ぶいん》だ。

「あした、高原小《たかはらしょう》と練習試合《れんしゅうじあい》なんだ」

「へえ」

「オレ、ヘタだから、公式戦《こうしきせん》だとなかなか出《だ》してもらえないんだよね。でも、練習試合《れんしゅうじあい》ならチャンスがあるかもしれないから、いいとこ見《み》せなきゃと思《おも》って」

バスケ部《ぶ》は、男子《だんし》より女子部員《じょしぶいん》が多《おお》い。背《せ》は学年一高《がくねんいちたか》いけれど、おっとりしているリョウは、たくましい女子《じょし》に囲《かこ》まれて、あまり出番《でばん》がない。それでも、バスケットボールが好《す》きなので、こうしてまじめに練習《れんしゅう》している。

「ハル、ちょっとオレのじゃまして、ボール取《と》ってみて」

「うん」

ハルタが近《ちか》づくと、リョウは右手《みぎて》でボールをつきながら、左腕《ひだりうで》をのばしてボールを守《まも》ろうとする。その手《て》の下《した》をくぐって、ハルタはするっとボールを取《と》った。

「あっ」

リョウは、口《くち》をとがらせた。

「速《はや》いよ、ハル」

「ははは、ごめん」

リョウ、あんまりバスケに向《む》いてないかも……と思《おも》ったけれど、そんなこと言《い》えないので、

「じゃ、がんばって」

「おう、またね」

リョウが元気《げんき》よく手《て》をふって、またドリブルの練習《れんしゅう》を始《はじ》めたので、ハルタも歩《ある》き出《だ》した。

歩《ある》きながら、考《かんが》えた。練習試合《れんしゅうじあい》に、かけてるヤツもいるんだな。リョウにとっては、正式《せいしき》な試合《しあい》みたいなものなんだ。チャンスが回《まわ》ってくるといいな……待《ま》てよ。

「そうだ、これだ！」

コトリに提案《ていあん》された『練習《れんしゅう》の応援《おうえん》』、いくらなんでも……と思《おも》ったけれど、それが練習試《れんしゅうじ》合《あい》なら話《はなし》は別《べつ》だ。相手《あいて》は他校《たこう》だし、気合《きあ》いの入《はい》り具合《ぐあい》は、公式戦《こうしきせん》とあまり変《か》わらないにちがいない。ハルタは、急《いそ》いで引《ひ》き返《かえ》した。

駐車場《ちゅうしゃじょう》では、リョウがまだドリブルを続《つづ》けていた。

「リョウ、リョウ」

「あれっ、ハル。なんだよ」

「あしたの試合《しあい》、どっちの学校《がっこう》でやんの？」

「高原小《たかはらしょう》。なんで？」

高原小《たかはらしょう》か……去年《きょねん》、野球部《やきゅうぶ》の応援《おうえん》で行《い》った時《とき》は、車《くるま》で十分《ぷん》ぐらいかかったな。これまで、遠《とお》い場所《ばしょ》へ応援《おうえん》に行《い》く時《とき》は、沼川先生《ぬまかわせんせい》が車《くるま》で連《つ》れていってくれたけど、今回《こんかい》はそういうわけにはいかない。

「自転車《じてんしゃ》かなあ。ま、いいや。何時《なんじ》から？」

「九時半集合《じはんしゅうごう》だけど」

「よっしゃ。あした、応援部《おうえんぶ》が応援《おうえん》しに行《い》くから、がんばれよ、リョウ」

「えっ」

リョウは、ぽかんとした。

「うち、野球部《やきゅうぶ》じゃないよ。それに練習試合《れんしゅうじあい》だし」

「いいじゃん、これからそうするって決《き》めたんだ。待《ま》ってろよ！」

ハルタは、走《はし》って学校《がっこう》にもどった。職員室《しょくいんしつ》をのぞいて、音楽《おんがく》の江見先生《えみせんせい》の姿《すがた》を見《み》つけると、するする近《ちか》づいた。

「先生《せんせい》、あした応援部《おうえんぶ》で太鼓《たいこ》借《か》りていいですか」

「いいけど、どこで？」

「高原小《たかはらしょう》です」

「沼川先生《ぬまかわせんせい》、お休《やす》みでしょ。引率《いんそつ》、だれが？」

「はい、ええと、バスケ部《ぶ》にくっついて、いっしょに行《い》くんです」

これは、口《くち》からでまかせだ。何《なに》しろ、副顧問《ふくこもん》の木内先生《きうちせんせい》はたよりにならない。自分《じぶん》たちだけで行《い》くと言《い》って、太鼓《たいこ》の貸《か》し出《だ》しを断《ことわ》られても困《こま》る。まあ、自転車《じてんしゃ》で高原小《たかはらしょう》目指《めざ》して走《はし》っていけば、前《まえ》を走《はし》る車《くるま》の中《なか》には、バスケ部員《ぶいん》が乗《の》っている車《くるま》もあるだろうし、『くっついていく』というのは、まるっきりウソじゃないよね。ハルタは、心《こころ》の中《なか》で言《い》いわけした。

音楽室《おんがくしつ》に行《い》って、となりの音楽準備室《おんがくじゅんびしつ》のたなから、さっきしまったばかりの大《おお》きな箱《はこ》を引《ひ》っぱり出《だ》す。応援部《おうえんぶ》の道具《どうぐ》が入《はい》っている箱《はこ》だ。中《なか》から、旗《はた》、旗《はた》を支《ささ》えるポールとベルトを出《だ》した。はちまきに、白《しろ》い手袋《てぶくろ》も。ユニホームの黒《くろ》い学《がく》ラン（えりが立《た》っている学生服《がくせいふく》）は、卒業生《そつぎょうせい》が中学校《ちゅうがっこう》で着《き》た後《あと》、いらなくなってからゆずってくれたものだ。

「サイズ、合《あ》うかなあ」

ノリタロウはがっしりしているから、大《おお》きめのを。ミユミは小柄《こがら》なので、一番小《いちばんちい》さいのを選《えら》んだ。

箱《はこ》の一番下《いちばんした》に入《い》れていたリュックサックに、必要《ひつよう》なものをつめこむ。太鼓《たいこ》を入《い》れた袋《ふくろ》だけは、手《て》に持《も》つ。

「よいしょっ」

リュックをせおって立《た》ち上《あ》がると、肩《かた》にずしりときた。

「だいじょうぶ、このぐらいなんてことないや」

歩《ある》き始《はじ》めはよかったけれど、だんだん、体《からだ》が下《した》の方《ほう》に引《ひ》っぱられるような感覚《かんかく》になってきた。

「くーっ、もうちょっと」

リュックをゆすって気《き》をまぎらわしたり、袋《ふくろ》を持《も》つ手《て》をかえたりしながら、やっと家《いえ》にたどりついた。

ハルタの家《いえ》は自転車店《じてんしゃてん》だ。表《おもて》に店《みせ》があり、後《うし》ろが自宅《じたく》で、奥《おく》の勝手口《かってぐち》から出入《ではい》りする。いつものように、店《みせ》の横《よこ》から勝手口《かってぐち》に回《まわ》ろうとすると、

「よう、おかえり」

とうちゃんが、店《みせ》の入《い》り口近《ぐちちか》くで、自転車《じてんしゃ》のサドルをみがいていた。ハルタの背中《せなか》の大《おお》きくふくらんだリュックサックを見《み》て、

「なんだ、その荷物《にもつ》。季節《きせつ》はずれのサンタクロースか」

「ただいま。とうちゃん、うち、あしたも仕事《しごと》だよね」

「あったりまえよ」

やっぱり、車《くるま》で送《おく》ってもらうわけにはいかないか……。

「あ、電話《でんわ》しなきゃ」

ミユミもノリタロウも、まだ、あしたのことを知《し》らないのだ。ハルタはあわてて勝手口《かってぐち》へ向《む》かった。

（三）

次《つぎ》の朝《あさ》は、よく晴《は》れた。自転車《じてんしゃ》で出《で》かける応援部《おうえんぶ》を応援《おうえん》してくれているような、ありがたい青空《あおぞら》だ。

ハルタが出《で》かけるしたくをしていると、

「そんな大荷物《おおにもつ》で、だいじょうぶか」

とうちゃんがあきれ顔《がお》で見《み》ている。

「後《あと》で、ほかの子《こ》たちと分《わ》けて持《も》つから、なんとかなるよ」

「よし、ちょっと待《ま》ってろ」

とうちゃんは、ハルタの自転車《じてんしゃ》のハンドル、ギア、ブレーキなど、すみずみまでチェックしてくれた。

「これでオッケー。気《き》をつけて行《い》けよ」

「うん、ありがとう。行《い》ってきます」

ハルタは、自転車《じてんしゃ》の荷台《にだい》に太鼓《たいこ》をくくりつけ、リュックをせおった。

バランスに気《き》をつけながら自転車《じてんしゃ》をこぎ、八時半《じはん》に大江《おおえ》ノ木《き》小《しょう》の裏門《うらもん》に着《つ》くと、すでにミユミが待《ま》っていた。

「おはようございます」

「おはよう」

見《み》ると、ミユミの自転車《じてんしゃ》の荷台《にだい》にも、何《なに》かの荷物《にもつ》が積《つ》んである。

「これ、柔道《じゅうどう》の試合《しあい》の応援用《おうえんよう》に、うちで作《つく》ってくれたんです。使《つか》えるかな、と思《おも》って」

横長《よこなが》の大《おお》きな紙《かみ》は、二枚《まい》あった。

『決《き》めろ！　大江《おおえ》ノ木《き》』

『一本取《いっぽんと》れ！　大江《おおえ》ノ木《き》』

ミユミは、〈大江《おおえ》ノ木《き》〉の部分《ぶぶん》を指《ゆび》さして、

「ほんとは、自分《じぶん》の名前《なまえ》が書《か》いてあるんです。上《うえ》から紙《かみ》をはりました」

ハルタは感心《かんしん》して、

「すごいねえ。これ、試合《しあい》の時《とき》、おうちの人《ひと》が持《も》ってくるの？」

「はい」

練習試合《れんしゅうじあい》に、ちょっとおおげさかな？　とは思《おも》ったけれど、ミユミの気持《きも》ちはうれしい。

「ありがとう。これ、体育館《たいいくかん》にはろうね」

「はい」

ミユミは、目《め》をかがやかせてうなずいた。

ただ、ミユミの自転車《じてんしゃ》に、リュックの荷物《にもつ》を少《すこ》しのせてもらおうと思《おも》っていたので、それができなくなったのは残念《ざんねん》だった。まあいいや、久末《ひさすえ》くんの方《ほう》にのせてもらおう、と思《おも》っていたら、

「おはよう」

ノリタロウが、ねむそうな目《め》をして現《あらわ》れた。折《お》りたたみ式《しき》の小《ちい》さな自転車《じてんしゃ》で、荷台《にだい》がついていない。

……しょうがないや。ハルタは、小《ちい》さくため息《いき》をついた。

「じゃ、行《い》こうか」

三人《にん》は、高原小《たかはらしょう》へ向《む》けて自転車《じてんしゃ》をこぎだした。道順《みちじゅん》を知《し》っているのはハルタだけなので、先頭《せんとう》に立《た》って走《はし》り出《だ》す。気持《きも》ちは前向《まえむ》きに、さっそうと進《すす》んでいるつもりなのだけれど、大《おお》

きな荷物《にもつ》のせいで、やたらペダルが重《おも》い。時間《じかん》がたつにつれて、スピードはどんどん落《お》ちていく。

信号待《しんごうま》ちで、大《おお》きく息《いき》をついていたら、

「部長《ぶちょう》、自分《じぶん》が持《も》ちます」

後《うし》ろから、ミユミの声《こえ》がした。ハルタのペダルがあまりに重《おも》いので、心配《しんぱい》になったようだ。

「ぼく、持《も》とうか」

ノリタロウまで、どうでもいいんだけど、という顔《かお》をしながら、気《き》にかけている。

できれば、ここで部長《ぶちょう》らしく、

「だいじょうぶだよ、このぐらい」

なんて、たくましいところを見《み》せたいけれど、何《なに》しろつかれてしまった。

「じゃ、たのむよ」

ハルタはやせがまんしないことにして、背中《せなか》から荷物《にもつ》をおろすと、ノリタロウに渡《わた》した。

リュックサックをせおったノリタロウは、最初《さいしょ》は平気《へいき》な顔《かお》で飛《と》ばしていた。けれど、道《みち》が上《のぼ》り坂《ざか》になってきたこともあって、少《すこ》しずつ息《いき》が荒《あら》くなってきた。前《まえ》を進《すす》むハルタたちとの距離《きょり》も、だんだん開《ひら》いてきた。

「ちょっと待《ま》ってよ！」

　とうとう、ノリタロウが音《ね》を上《あ》げた。ハルタとミユミがふりむくと、はるか後《うし》ろで自転車《じてんしゃ》をとめて、うらみがましい目《め》で二人をにらんでいる。

「ごめん、ごめん」

　急《いそ》いで引《ひ》き返《かえ》してきたハルタに、ノリタロウはむくれて、

「交替《こうたい》してよ」

　さっさと背中《せなか》から荷物《にもつ》をおろして、地面《じめん》においた。ハルタはそれをひろいながら、

「もう見《み》えてたんで、そっちばっかり気《き》になって、おくれてるのがわからなかったんだ」

「見《み》えてた？」

「ほら」

　ハルタが指《ゆび》さす先《さき》に、高原小《たかはらしょう》の校門《こうもん》があった。

　三人《にん》そろって門《もん》を入《はい》ると、右側《みぎがわ》の駐車場《ちゅうしゃじょう》に車《くるま》が何台《なんだい》かとめてあり、左側《ひだりがわ》の体育館《たいいくかん》に、ユニホームを着《き》た部員《ぶいん》たちが入《はい》っていくのが見《み》えた。

　ハルタは、バスケ部顧問《ぶこもん》の下津原先生《しもつはらせんせい》を見《み》つけると、急《いそ》いで追《お》いかけた。

「先生《せんせい》、おはよう」

ノートに何《なに》か書《か》きつけていた先生《せんせい》は、ハルタを見《み》て目《め》を丸《まる》くした。

「あらっ、三原《みはら》くん、おはよう。いつ、バスケ部《ぶ》に入《はい》ったっけ？」

下津原先生《しもつはらせんせい》は、ハルタが四年生《ねんせい》の時《とき》の担任《たんにん》だったので、よく知《し》っている。陽気《ようき》なおばちゃん先生《せんせい》だ。

「ちがいます。応援部《おうえんぶ》が、応援《おうえん》に来《き》たんです」

「えっ、応援部《おうえんぶ》って、まだあったの？」

「あるよ、もちろん。ひどいなあ」

「けど、うち野球部《やきゅうぶ》じゃないわよ」

「今年《ことし》から、活動広《かつどうひろ》げることにしたんです」

ハルタが、野球部以外《やきゅうぶいがい》の応援《おうえん》も始《はじ》めたことを話《はな》すと、

「まあ、そうなの。応援《おうえん》してくれるのはうれしいけど……メンバーは？」

下津原先生《しもつはらせんせい》の目《め》は、後《あと》から入《はい》ってきたミユミとノリタロウの頭《あたま》を通《とお》りこして、きょろきょろしている。

「この三人《にん》です」

「えっ、どうして三人《にん》しかいないの？」

「えーと、なんだかんだで」

「沼川先生《ぬまかわせんせい》、お休《やす》みよね。どうやって来《き》たの？」

「自転車《じてんしゃ》で」

「もう一人の先生《せんせい》は？」

「木内先生《きうちせんせい》です」

「ああ、木内先生《きうちせんせい》ね」

下津原先生《しもつはらせんせい》は、深《ふか》くうなずいた。

「それじゃあ、しょうがないわね」

先生《せんせい》の間《あいだ》でも、木内先生《きうちせんせい》のやる気《き》のなさは有名《ゆうめい》なのかな、とハルタは思《おも》った。

「あのう、先生《せんせい》。部員《ぶいん》だけで遠出《とおで》って、やっぱ、まずいかなあ」

「うーん、そうねえ。まあ、きょうは、私《わたし》がいっしょに引率《いんそつ》ってことにしといていいわよ」

「うわあ、先生《せんせい》、愛《あい》してる」

「いやあ、うれしいけど、私《わたし》、結婚《けっこん》してるのよ」

あいさつを終《お》えて、ミユミとノリタロウのところにもどると、ハルタはリュックサックを開《あ》け、二人に学《がく》ランを渡《わた》した。ノリタロウの学《がく》ランは、どうにかサイズが合《あ》ったけれど、ミ

ユミのはブカブカだ。はちまきをしめ、手袋《てぶくろ》をつけて準備《じゅんび》していたら、

「ハル！」

準備運動《じゅんびうんどう》をしているバスケ部員《ぶいん》の輪《わ》の中《なか》から、飛《と》びぬけて背《せ》の高《たか》い男《おとこ》の子《こ》がかけ寄《よ》ってきた。林《はやし》リョウだ。

「わあ、応援部《おうえんぶ》、ほんとに来《き》たんだ」

「来《き》たよ。リョウ、がんばれ！」

「おう！」

旗《はた》や太鼓《たいこ》を出《だ》して、ミユミが用意《ようい》してくれた大《おお》きな紙《かみ》を広《ひろ》げていると、

「あらっ、応援団《おうえんだん》？」

バスケ部員《ぶいん》を連《つ》れてきたおかあさんたちに、声《こえ》をかけられた。公式戦《こうしきせん》ではないので、緊張《きんちょう》した雰囲気《ふんいき》はなく、みんな楽《たの》しそうだ。

「すごいわねえ、練習試合《れんしゅうじあい》でも来《く》るの？」

「はい、どこでも行《い》きます」

「ああ、練習試合《れんしゅうじあい》だから、三人《にん》しか来《き》てないのね」

いや、これで全員《ぜんいん》なんです……とは言《い》えなかった。

身《み》じたくが整《ととの》うと、ハルタは、ポケットからメモ帳《ちょう》を出《だ》した。選手《せんしゅ》の名前《なまえ》と背番号《せばんごう》を書《か》きとめるためだ。野球部《やきゅうぶ》の試合《しあい》の時《とき》、打席《だせき》に立《た》った選手《せんしゅ》の名前《なまえ》を呼《よ》ぶと、とても盛《も》り上《あ》がる。バスケ部《ぶ》でも、そうするつもりだった。六年生《ねんせい》の子《こ》の名前《なまえ》はだいたいわかるけれど、五年生《ねんせい》の名前《なまえ》がわからないので、ミユミとノリタロウに聞《き》きながら、大急《おおいそ》ぎで書《か》きこんだ。

ピ――――ッ。

笛《ふえ》の合図《あいず》で、試合《しあい》が始《はじ》まった。

「柔道《じゅうどう》以外《いがい》の試合《しあい》見《み》るのって、初《はじ》めてです」

ミユミはうれしそうだ。

真《ま》ん中《なか》にハルタ、向《む》かって右《みぎ》にミユミが太鼓《たいこ》をすえてばちを構《かま》え、左《ひだり》にはノリタロウが旗《はた》を持《も》って立《た》っている。

まずは基本《きほん》の応援《おうえん》。すーっと息《いき》を吸《す》いこんで、

「フレ――――」

どどん。

「フレ――――」

どどん。

「オオエノキ――――」

どどどん。

声《こえ》の調子《ちょうし》バッチリ！　と思《おも》いながら、ちらりと見《み》ると、ひかえのバスケ部員《ぶいん》たちがきょとんとしている。応援部《おうえんぶ》から応援《おうえん》されるのが初《はじ》めてなので、びっくりしているのだ。

まあ、もう少《すこ》しやればなれてきて、声《こえ》を合《あ》わせてくれるだろう。ハルタは気《き》を取《と》り直《なお》して、もう一度《いちど》同《おな》じのをやろうと息《いき》を吸《す》いこんで……やめた。

何《なに》か、ちがう。いつもの野球部《やきゅうぶ》の試合《しあい》とは、全然《ぜんぜん》ちがうのだ。

コートの中《なか》では、選手《せんしゅ》たちが走《はし》り回《まわ》っている。その動《うご》きに合《あ》わせて、ひかえのバスケ部員《ぶいん》たちが、いそがしく声援《せいえん》を送《おく》る。

「パス」「パス、パス」

「かわせ」「かわせ」

「シュート」「シュート」

ハルタは、やっと気《き》がついた。素早《すばや》く動《うご》き回《まわ》り、ボールを持《も》つ選手《せんしゅ》がめまぐるしく替《か》わるバスケットボールに、ゆっくりしたかけ声《ごえ》は合《あ》わないのだ。もちろん、野球《やきゅう》の試合《しあい》のように、一人ひとり選手《せんしゅ》の名前《なまえ》を呼《よ》んでいる間《ま》も全然《ぜんぜん》ない。

どどど、どどど。どどど、どどど。

ミユミが、ひっきりなしにばちをふっている。いつの間《ま》にか、ハルタでなく、バスケ部員《ぶいん》の声援《せいえん》に合《あ》わせてしまったらしい。

ノリタロウはといえば、我関《われかん》せず、とでもいうように、旗《はた》を持《も》ってじっと立《た》っている。

ハルタは、どうすればいいのかわからなくなった。

試合《しあい》は一時《いっとき》も止《と》まることなく進《すす》み、走《はし》りっぱなしの選手《せんしゅ》たちは、肩《かた》で息《いき》をしている。

「タイム！」

下津原先生《しもつはらせんせい》が、声《こえ》をかけた。選手《せんしゅ》たちがもどってきて、用意《ようい》していた水《みず》を飲《の》む。体育館《たいいくかん》の中《なか》は、少《すこ》し静《しず》かになった。

今《いま》だ！　動《うご》きが止《と》まっている間《あいだ》に、いつもの応援《おうえん》をしよう。

ハルタは急《いそ》いで胸《むね》をはり、すーっと息《いき》を吸《す》いこんだ。

「フレ――――」

おなかの底《そこ》から声《こえ》を出《だ》す。とたんに、下津原先生《しもつはらせんせい》がふりむいて、

「三原《みはら》くん、ごめん。指示《しじ》が聞《き》こえないから、ちょっと声小《こえちい》さくね」

そんなあ……。

ヘコむハルタをよそに、先生《せんせい》とバスケ部員《ぶいん》たちは、てきぱき打《う》ち合《あ》わせしている。試合再開《しあいさいかい》。三人《にん》の選手《せんしゅ》が入《い》れ替《か》わり、元気《げんき》よくコートに飛《と》びこんだ。その中《なか》には、やる気《き》まんまんのリョウもいた。

リョウは、みんなにおくれまいと、一生懸命走《いっしょうけんめいはし》る。背《せ》の高《たか》いリョウめがけて、ボールがポーンと飛《と》んでくる。でも、リョウが受《う》け取《と》る前《まえ》に、するっと相手《あいて》に取《と》られてしまう。

「ドンマーイ」「ドンマーイ」

ひかえのバスケ部員《ぶいん》の声《こえ》が飛《と》ぶ。リョウは、めげる間《ま》もなくまた走《はし》り出《だ》す。

ヘコんでいたハルタだったけれど、コートの中《なか》のリョウを見《み》ているうちに、力《ちから》がわいてきた。ぼーっとしてる場合《ばあい》じゃない、応援《おうえん》しなきゃ！

「久末《ひさすえ》くん、ちょっと貸《か》して」

ノリタロウから旗《はた》を取《と》り上《あ》げ、ポールを肩《かた》にかけると、ハルタはコートのふちを走《はし》り出《だ》した。

「いけいけ、オオエ！

いけいけ、リョーウ！

いけいけ、オオエ！

いけいけ、リョーウ！」

これは、野球《やきゅう》の試合《しあい》で、ランナーがたまって一打逆転《いちだぎゃくてん》のチャンスの時《とき》にやる、アップテンポのかけ声《ごえ》だ。

どん、どん、どどどん。

どん、どん、どどどん。

ミユミが、ハルタの声《こえ》に合《あ》わせて太鼓《たいこ》をたたき始《はじ》めた。このパターンはまだ練習《れんしゅう》していなかったので、少《すこ》しテンポがずれているけれど、なかなかいい線《せん》いっている。

「いけいけ、オオエ」

「いけいけ、オオエ」

気《き》がつくと、ひかえのバスケ部員《ぶいん》たちも、ハルタといっしょにさけんでくれていた。けれど、旗《はた》をかついでどなりながら走《はし》り続《つづ》けるなんて、とんでもないことだ。やがて足《あし》がもつれて、ハルタはへろへろになった。

コートの中《なか》を走《はし》るリョウの手元《てもと》に、ボールが回《まわ》ってきた。絶好《ぜっこう》のチャンス！ ところが、リョウが思《おも》いっ切《き》り投《な》げたボールは、あらぬ方向《ほうこう》へ飛《と》んでいった。コートを飛《と》び出《だ》し、高《たか》く上《あ》がって、壁《かべ》のスピーカーと柱《はしら》の間《あいだ》にはさまってしまったのだ。

試合《しあい》は中断《ちゅうだん》。高原小《たかはらしょう》の先生《せんせい》が、ボールを落《お》とすのに使《つか》えそうなものを急《いそ》いで探《さが》しにいった。

体育館《たいいくかん》の中《なか》はざわついて、リョウは青《あお》くなった。

ハルタは、ふと、自分《じぶん》の肩《かた》に乗《の》せているもののことを思《おも》い出《だ》した。

「あ、旗《はた》」

このポールはのび縮《ちぢ》みするタイプで、最長《さいちょう》にするとかなり長《なが》くなる。

「下津原先生《しもつはらせんせい》、これ、とどくと思《おも》います。おーい、リョウ」

突然《とつぜん》ハルタに呼《よ》ばれて、リョウはとまどいながらコートから出《で》てきた。ハルタが、ポールから旗《はた》をはずして、するすると長《なが》くのばすと、みんなびっくりした。

「はい、リョウ」

ハルタに渡《わた》された長《なが》いポールを持《も》って、背《せ》の高《たか》いリョウがポールの下《した》に行《い》く。体育館中《たいいくかんじゅう》の視線《しせん》を浴《あ》びながら、つま先立《さきだ》ちになって下《した》からつつくと、ポールはころんと落《お》っこちた。

「おーっ」

拍手《はくしゅ》が起《お》きた。もどってくるリョウのうれしそうな顔《かお》を見《み》て、ハルタは、ほっとした。

試合《しあい》は、わずかな差《さ》で、大江《おおえ》ノ木小《きしょう》の負《ま》けだった。

「先生《せんせい》、ごめん。うまく応援《おうえん》できなくて」

下津原先生《しもつはらせんせい》のそばに行《い》って、小《ちい》さな声《こえ》であやまった。思《おも》いどおりにいかなかったけれど、ミユミもノリタロウも、二人なりにがんばってくれたと思《おも》うので、二人に聞《き》こえないように。

「あら、悪《わる》くなかったわよ。まあ、そんなに落《お》ちこまないで」

先生《せんせい》は笑《わら》って、なぐさめてくれた。

帰《かえ》りじたくをしていると、

「ハル」

リョウが、かけてきた。あせびっしょりだ。

「よう、リョウ、おつかれ」

「うん。ハル、ありがとう。よかったよ、きょう、ハルが来《き》てくれて」

応援《おうえん》のことなのか、ポールのことなのかわからないけれど、そんな風《ふう》に感謝《かんしゃ》されると、うまくいかなかったことも帳消《ちょうけ》しになりそうだ。

「いやあ。おしかったね、試合《しあい》」

「うん。次《つぎ》、またがんばるよ」

三　イヤなものはイヤ

（一）

月曜日《げつようび》の昼休《ひるやす》み。

児童会長《じどうかいちょう》の戸部《とべ》アネは、小走《こばし》りで児童会室《じどうかいしつ》にかけこんだ。

「おせえよ」

六年副会長《ねんふくかいちょう》の千葉《ちば》シンキチが、口《くち》をとがらせる。同《おな》じく副会長《ふくかいちょう》の大友《おおとも》カナエは、にっこり笑《わら》って手《て》をふってくれた。

「オレ、給食一番《きゅうしょくいちばん》に食《た》べたから、一番《いちばん》に来《き》た」

五年書記《ねんしょき》の岩井《いわい》タイジが、いすをカタカタゆらしながら、楽《たの》しそうに言《い》う。もう一人の書《しょ》記《き》、関本《せきもと》メグミはといえば、つまらなそうに、持《も》ってきたノートの裏表紙《うらびょうし》をながめていた。

「ごめん！　給食当番《きゅうしょくとうばん》だったんだ」

アネは、手《て》を合《あ》わせながらいすに座《すわ》った。

きょうは、週《しゅう》一回《かい》の『なんでも箱《ばこ》』を開《あ》ける日《ひ》だ。週末《しゅうまつ》にやることが多《おお》いけれど、先週《せんしゅう》はみんなの都合《つごう》が合《あ》わなかったので、週明《しゅうあ》け早々《そうそう》に集《あつ》まった。

なんでも箱《ばこ》の中《なか》には、名前《なまえ》の書《か》かれていない紙《かみ》が一枚《まい》。

『いそがしすぎてうんざり。だれか代《か》わって』

「んなこと言《い》われても、だれかわかんねえし」

シンキチが頭《あたま》をかいて、

「何《なに》がいそがしいんだ？　大友《おおとも》さんにくらべりゃ、たいしたことないんじゃねえの？」

いきなり引《ひ》き合《あ》いに出《だ》されて、大友《おおとも》カナエは苦笑《にがわら》いした。

「そんなことないよ」

確《たし》かにカナエはいそがしい。塾《じゅく》に習《なら》いごとに部活《ぶかつ》、おまけに児童会役員《じどうかいやくいん》まで引《ひ》き受《う》けてしまったのだから。

「あるよ。少《すこ》しは大友《おおとも》さんをみならって、がんばれっつうんだよ」

カナエにちょっと気《き》があるシンキチは、せっせとカナエを持《も》ち上《あ》げている。

「いそがしいのがイヤならやめればいいのに」

関本《せきもと》メグミが、ぼそりと言《い》った。岩井《いわい》タイジはにこにこしながら、

「オレ、手伝《てつだ》ってあげてもいいけどな」

すると、

「なかなかないよ、手伝《てつだ》えることなんて」

カナエが、突《つ》き放《はな》すようにつぶやいた。冷《ひ》ややかな口調《くちょう》に、みんなびっくりしてカナエを見《み》た。カナエはあわてて、

「だって名前書《なまえか》いてないもん、手伝《てつだ》いたくても手伝《てつだ》えないでしょ。ねえ、アネちゃん」

同意《どうい》を求《もと》められて、

「そうだよね、むずかしいよねえ」

アネはうなずきながら、せめてだれなのかわかればなあ、と思《おも》っていた。……この字《じ》、どこかで見《み》たことあるような気《き》がするんだけど……。

そのころ、音楽室《おんがくしつ》では、応援部《おうえんぶ》の『反省会《はんせいかい》』が始《はじ》まっていた。

というのも、二時間目《じかんめ》の休《やす》み時間《じかん》に、ミユミが突然《とつぜん》ハルタの教室《きょうしつ》を訪《おとず》れて、

「部長《ぶちょう》。きょう、コトちんが来《き》てるんです」

応援部《おうえんぶ》アドバイザーの音羽《おとわ》コトリは、体力《たいりょく》がないので、週《しゅう》に二日、午前中《ごぜんちゅう》だけ登校《とうこう》する。

「それで、こないだのバスケ部《ぶ》の応援《おうえん》の話《はなし》をしたら、反省会《はんせいかい》しようって。昼休《ひるやす》み、いいですか？　久末《ひさすえ》には、自分《じぶん》が言《い》っときます」

反省会《はんせいかい》⁉　コトリの毒舌《どくぜつ》を思《おも》い出《だ》し、ハルタはちょっとビビりながら、ろうかをパタパタ帰《かえ》っていくミユミの背中《せなか》を見送《みおく》った。

昼休《ひるやす》みになり、おそるおそる部室《ぶしつ》でもある音楽室《おんがくしつ》へ行《い》くと、ミユミとコトリは先《さき》に来《き》ていた。小《ちい》さな移動式《いどうしき》ベッドで横《よこ》になっているコトリのそばで、

「こんにちは」

にこにこしているのは、コトリのおばあさんだ。この前《まえ》は着物姿《きものすがた》だったけれど、きょうは動《うご》きやすいパンツスタイルで、別人《べつじん》のようだ。

ミユミが説明《せつめい》した。

「コトちんは、給食終《きゅうしょくお》わったら、帰《かえ》るんで」

朝《あさ》、移動式《いどうしき》ベッドをおしてコトリを連《つ》れてきたおばあさんが、給食《きゅうしょく》が終《お》わる時間《じかん》に合《あ》わ

せてむかえに来《き》たのだ。

カチ、カチ、カチ。

「〈給食《きゅうしょく》、好《す》きなものばかりだったから、来《き》てよかった〉」

きょうは、ねぎチャーハンに、わかめと油《あぶら》あげのみそしる、春菊《しゅんぎく》のあえものだった。好《この》みがしぶい。

「コトちん、私《わたし》の分《ぶん》までほしがるんだもん」

ミユミが笑《わら》う。

「ダメでしょ、人《ひと》のを食《た》べちゃ」

おばあさんがコトリをしかる。ミユミはあわてて、

「あげてません、もちろん」

コトリは飲《の》みこむ力《ちから》が弱《よわ》いので、ほかの子《こ》たちと同《おな》じ普通食《ふつうしょく》ではのどにつまるおそれがある。用心《ようじん》のため、いつも小《ちい》さくきざんでもらったものを食《た》べているのだ。

カチ、カチカチ。

「〈デヘヘ〉」

デヘヘ⁉　おいおい、笑《わら》ってごまかしてるよ……ハルタはあきれて、でもちょっとおかし

くて、下《した》を向《む》いてこっそり笑《わら》った。

「まったく」

おばあさんは困《こま》り顔《がお》だ。

「部長《ぶちょう》、この中《なか》ですよね」

ミユミが、となりの音楽準備室《おんがくじゅんびしつ》から、応援部《おうえんぶ》の道具《どうぐ》が入《はい》っている箱《はこ》を引《ひ》っぱってきた。

「コトちんが、三人《にん》そろって応援《おうえん》するところを見《み》たいって」

箱《はこ》の中《なか》から、学《がく》ランを選《えら》んでいる。

「わざわざ着《き》なくてもいいだろ」

入《い》り口《ぐち》で、不満《ふまん》そうな声《こえ》がした。ノリタロウだ。

「せっかくやるなら、ちゃんとやった方《ほう》がいいでしょ」

ミユミが、一番上《いちばんうえ》にあった学《がく》ランを、入《はい》ってきたノリタロウにおしつけた。ノリタロウは、
いやいやそでを通《とお》しかけたが、

「これ、ちがうよ」

サイズが合《あ》わなかったのだ。ハルタはあわてて、

「この間着《あいだき》たやつは、ないよ。うちに持《も》ってって、ほしてるんだ」

一度《いちど》着《き》た学《がく》ランは、あせやほこりでよごれるので、よくふいて、しばらくほしておく。これも部長《ぶちょう》の仕事《しごと》だ。ミユミが、三人《にん》は、残《のこ》りの学《がく》ランの中《なか》から、とりあえず自分《じぶん》のサイズに近《ちか》いものを探《さが》しだした。長《なが》すぎるそでをひじ近《ちか》くまで折《お》り曲《ま》げるのを見《み》て、コトリがにこにこした。

カチ、カチカチ。

「〈ミユちん、かわゆい〉」

「えー？」

ミユミは、困《こま》ったように笑《わら》った。

旗《はた》を組《く》み立《た》て、太鼓《たいこ》をすえていると、音楽室《おんがくしつ》の中《なか》を歩《ある》き回《まわ》っていたおばあさんが、

「あら、いい和太鼓《わだいこ》ねえ。これを持《も》っていったの？　重《おも》かったでしょ」

「はい、自転車《じてんしゃ》の後《うし》ろにのせて運《はこ》びました」

ハルタは、高原小《たかはらしょう》に着《つ》くまでのペダルの重《おも》みを思《おも》い出《だ》して、ぐっときた。

カチカチ、カチカチ。

「〈太鼓《たいこ》のほかにも、重《おも》い荷物《にもつ》があるんでしょ。毎回《まいかい》かかえていくの？〉」

「うん……でも、この次《つぎ》からは手分《てわ》けして持《も》つから、だいじょうぶだよ」

この前《まえ》は、荷物《にもつ》でふくらんだリュックサックを、サンタクロースのようにしょっていった。

あれは、やっぱりきつかった。

カチカチ、カチ。

「〈太鼓《たいこ》、もっと小《ちい》さいのにした方《ほう》がいいんじゃない？〉」

「いや、それは……」

本当《ほんとう》は、迫力《はくりょく》のある大太鼓《おおだいこ》がいいけれど、運《はこ》ぶのが大変《たいへん》なので、小《ちい》さめの和太鼓《わだいこ》を使《つか》っているのだ。これ以上小《いじょうちい》さくしたくない。

「うちわ太鼓《だいこ》って、知《し》ってる？」

コトリのおばあさんが、口《くち》をはさんだ。

「うちわみたいな形《かたち》だから、片手《かたて》で持《も》てるのよ。それを細《ほそ》い棒《ぼう》でとんとんたたくの。むかし近所《きんじょ》の人《ひと》が、それたたきながら、お経《きょう》を唱《とな》えてたわ。ああいうの、どうかしらねえ」

確《たし》かに、持《も》ち運《はこ》びには便利《べんり》そうだけれど、あまり迫力《はくりょく》はなさそうだ。

「考《かんが》えときます」

ハルタは、一応《いちおう》、そう返事《へんじ》しておいた。

さて、準備《じゅんび》ができた。三人横《にんよこ》一列《れつ》に並《なら》んで、胸《むね》をはる。すーっと息《いき》を吸《す》いこんで、

「フレ――――」

どどん。

「フレ――――」

どどん。

「オオエノキ――――」

どどどん。

基本形《きほんけい》をやって、もとの姿勢《しせい》にもどすと、

「まあ、すてき。やるじゃない」

コトリのおばあさんが、拍手《はくしゅ》してくれた。

「ありがとうございます」

ハルタは頭《あたま》を下《さ》げてお礼《れい》を言《い》うと、コトリを見《み》て、

「音羽《おとわ》さんは、どう?」

カチカチ、カチ。

「〈ミユちんが言《い》ってたほど、ひどくない〉」

……そりゃあ、この前《まえ》は、全然《ぜんぜん》思《おも》いどおりにいかなかったから。

カチ。

「〈でも〉」

コトリは、少《すこ》し考《かんが》えてから、カチカチカチ。

「〈旗持《はたも》つ人《ひと》って、いらないいんじゃないの?〉」

えーっ!?

ノリタロウが、口《くち》をへの字《じ》に曲《ま》げている。ハルタは大急《おおいそ》ぎで、

「旗持《はたも》ち、大事《だいじ》な仕事《しごと》だよ」

すると、カチカチ、カチカチ。

「〈だって、三人《にん》しかいない応援団《おうえんだん》で、声《こえ》を出《だ》すのが一人だけって、さびしすぎるよ。一人はだまって立《た》ってるだけなんて、もったいなくない?〉」

それは、もちろんそうなのだけれど……。

カチ、カチ、カチカチ。

「〈旗《はた》は、近《ちか》くに立《た》てておけばいいでしょ。もっとにぎやかにすることの方《ほう》が、大事《だいじ》だと思《おも》うけどな〉」

……そんなこと、考《かんが》えたこともなかった。

ノリタロウが、うらめしそうな目《め》つきでコトリを見《み》た。

「ぼく、旗持《はたも》ち、気《き》に入《い》ってるんだけど」

とても受《う》け入《い》れられない、という顔《かお》だ。

ミユミが、ノリタロウをつつきながら、

「コトちん。この人《ひと》、大声出《おおごえだ》すの好《す》きじゃないんだって」

すると、カチカチ、カチ。

「〈このパソコン、貸《か》してあげようか?〉」

音声機能付《おんせいきのうつ》きのパソコンを使《つか》ってみれば、というのだ。ミユミは目《め》を丸《まる》くした。

「ダメだよ! コトちん」

カチ、カチカチ。

「〈ははは、ウソだよ〉」

じょうだんキツいなあ……ハルタは、なんと言《い》っていいのかわからなくて、ひたすら首《くび》をかいていた。すると、

「コトリ、昼休《ひるやす》み終《お》わるわよ」

コトリのおばあさんが、壁《かべ》の時計《とけい》を指《ゆび》さした。

「みなさん、次《つぎ》の時間《じかん》があるんだから、もう帰《かえ》りましょ」

天《てん》の救《すく》いだ。ふっと空気《くうき》がほぐれた。

「じゃあね、コトちん」

ミユミが、元気《げんき》よく手《て》をふる。

カチ、カチ。

「〈じゃあね〉」

「おじゃましました」

おばあさんが、移動式《いどうしき》ベッドをおしながら、にっこりした。

三人《にん》で、二人を見送《みおく》った。それから三人《にん》とも、ほーっとため息《いき》をついた。


次《つぎ》の練習日《れんしゅうび》。

ノリタロウは、旗持《はたも》ちをやめる気《き》がまったくない。箱《はこ》の中《なか》からさっさと旗《はた》を出《だ》し、ベルトに固定《こてい》している。

コトリの提案《ていあん》に、ハルタはかなり面《めん》くらった。けれど、だんだん、もっともな意見《いけん》だと思《おも》い始《はじ》めた。部員《ぶいん》がたくさんいればたくさんなりに、三人《にん》なら三人《にん》なりに、組《く》み立《た》てを考《かんが》えるのは当然《とうぜん》だ。

いっそ、ノリタロウに太鼓《たいこ》をまかせて、ミユミに声《こえ》を出《だ》してもらおうか？

ちらっと見《み》ると、ミユミは太鼓《たいこ》を出《だ》して、いそいそと練習《れんしゅう》のしたくをしていた。ノリタロウ同様《どうよう》、ミユミも自分《じぶん》の役割《やくわり》を気《き》に入《い》っているのだ。ノリタロウの、いってみればワガママで、ミユミのポジションをうばうのはしのびない。

……どうすりゃいいんだよ⁉

ハルタは頭《あたま》をかかえた。

「部長《ぶちょう》、どうしたんですか？」

にがい薬《くすり》でも飲《の》んだようなハルタの顔《かお》を見《み》て、ミユミが首《くび》をかしげた。

「いや、なんでもない」

と言《い》いながら、横目《よこめ》でノリタロウを見《み》ると、すっかり旗持《はたも》ちのスタイルを整《ととの》えて、じっと立《た》っている。さっさと練習《れんしゅう》しようよ、と言《い》わんばかりだ。

ハルタは頭《あたま》をふって、はちまきをしめた。

「じゃ、やろうか」

あまり気乗《きの》りしないまま、とりあえず練習《れんしゅう》を始《はじ》めた。まず、基本形《きほんけい》から。そして、バスケの試合《しあい》の時少《ときすこ》しだけやった、テンポの速《はや》いかけ声《ごえ》。

「いけいけ、オオエ」

どん、どん、どどどん。

「いけいけ、オオエ」

どん、どん、どどどん。

そこへ、

「おじゃましまーす」

ドアが開《ひら》いて、児童会長《じどうかいちょう》の戸部《とべ》アネが顔《かお》を出《だ》した。

「あ、会長《かいちょう》。こないだはありがとう」

「ううん。練習中《れんしゅうちゅう》にごめんね」

アネは、小《ちい》さな応援団《おうえんだん》を楽《たの》しそうにながめた。

「私《わたし》のブレーン、どうだったかなと思《おも》って」

音羽《おとわ》コトリを紹介《しょうかい》してくれたのは、アネだ。

「なんか、キツいこと言《い》った？」

「いや、うん、まあ」

ハルタがはっきり言《い》えずに困《こま》っていると、アネは笑《わら》って、

「あはは、やっぱり」

「いや、今《いま》まで考《かんが》えたことがないような意見《いけん》を出《だ》してくれるから、びっくりすることが多《おお》くて」

「へえ。どんな？」

「『まだ公式戦《こうしきせん》が始《はじ》まらない』って話《はなし》をしたら、『練習《れんしゅう》の応援《おうえん》でもすれば』って」

「練習《れんしゅう》の!?」

「まあ、それはさすがにちょっとね。でも、練習試合《れんしゅうじあい》の応援《おうえん》には行《い》くことにしたんだ」

「へえー」

「それに、『野球部以外《やきゅうぶいがい》も応援《おうえん》すればいいのに』って言《い》われて、こないだ、バスケ部《ぶ》の練習《れんしゅう》試合《じあい》に行《い》ってきたんだ」

アネは、うれしそうに笑《わら》った。

「そっか、よかった。おもしろいでしょ、コトちゃんて」

「おもしろいっていうか……キビしい」

「あはは、やっぱり」

「よう、応援部《おうえんぶ》！　あれ、アネっち」

今度《こんど》は、元応援部員《もとおうえんぶいん》の中森《なかもり》ユウトクが入《はい》ってきた。ハルタと話《はな》しているアネを見《み》て、

「なーんだ、オヤジ声《ごえ》の美人《びじん》アドバイザーって、児童会長《じどうかいちょう》のことか」

「何《なに》それ？」

いつの間《ま》にか、美人《びじん》がついている。

アネとユウトクは、去年同《きょねんおな》じクラスだった。アネが、

「そう言《い》えばユウトク、応援部《おうえんぶ》じゃなかったっけ」

ふしぎそうな顔《かお》をしたので、ハルタはユウトクの背中《せなか》をどんとたたいて、

「こいつ、すぐやめたんだよ」

「だってさあ、ヌマピョンいないんじゃ、つまんねえじゃん」

アネも、ユウトクの沼川先生《ぬまかわせんせい》びいきは知《し》っていたので、笑《わら》いながら、

「ユウトク、お見舞《みま》いに行《い》けば？」

「あっ、それいいねえ」

アネの提案《ていあん》に、ユウトクは喜《よろこ》んでピョンとはねた。

ハルタも、部員三人《ぶいんにん》でがんばってますって先生《せんせい》に報告《ほうこく》したいな、と思《おも》った。

「そうだ、ハルタ」

ユウトクが、急《きゅう》にハルタの方《ほう》を向《む》いた。

「野球部《やきゅうぶ》以外《いがい》の部活《ぶかつ》の応援《おうえん》もやるんだろ」

「うん」

「今度《こんど》の日曜《にちよう》、試合《しあい》やるんだってさ。それも、真剣勝負《しんけんしょうぶ》」

「へえ、何部《なにぶ》？」


山野《やまの》トキツグは、大江《おおえ》ノ木小《きしょう》の囲碁部《いごぶ》だ。この部《ぶ》は、学校《がっこう》の近《ちか》くに住《す》んでいる囲碁名人《いごめいじん》のおじいさんが顧問《こもん》をしている。

数年前《すうねんまえ》、テレビアニメから囲碁《いご》ブームが始《はじ》まった。その時《とき》の校長先生《こうちょうせんせい》が囲碁《いご》の有段者《ゆうだんしゃ》で、自《みずか》ら顧問《こもん》になって部《ぶ》を作《つく》ったが、その後《ご》転勤《てんきん》が決《き》まり、後《あと》をついでくれる先生《せんせい》がいなくて困《こま》っていた。すると、囲碁部《いごぶ》の子《こ》が、『うちのおじいちゃん、上手《じょうず》だよ』と推《すい》せんしてくれた。学校《がっこう》のすぐ近《ちか》くに住《す》む植木屋《うえきや》のご隠居《いんきょ》で、顧問《こもん》をたのむと、喜《よろこ》んで引《ひ》き受《う》けてくれた。このおじいさんは、ただうまいだけではなく、教《おし》えるのも上手《じょうず》だった。それで、ブームがすぎた後《あと》も、人気《にんき》のある部活《ぶかつ》として、ずっと続《つづ》いているのだ。

きょうは、トキツグにとって大事《だいじ》な試合《しあい》だ。囲碁《いご》の級取《きゅうと》りの再《さい》チャレンジ。前回《ぜんかい》は、相《あい》手《て》がやたらスピーディーにせめてくるので、ペースをつかむ前《まえ》に終《お》わってしまった。

「君《きみ》は、落《お》ち着《つ》きさえすれば、ちゃんとたたかえるよ。自信《じしん》を持《も》ちなさい」

おじいさん先生《せんせい》の言葉《ことば》を胸《むね》に、今《いま》、会場《かいじょう》の市民《しみん》センターへ向《む》かっているところだ。

「落《お》ち着《つ》けば、だいじょうぶ」

トキツグは、自分《じぶん》に言《い》い聞《き》かせながら、会場《かいじょう》へと続《つづ》く坂《さか》を上《のぼ》っていった。

砂利《じゃり》の坂道《さかみち》から、市民《しみん》センターの広《ひろ》い庭《にわ》に近《ちか》づくにつれて、ふしぎな光景《こうけい》が目《め》に入《はい》ってきた。はちまきをまいた黒《くろ》い頭《あたま》が三つ。みんな、学《がく》ランを着《き》ている。一人は女《おんな》の子《こ》で、服《ふく》はブカブカ。おや、真《ま》ん中《なか》の男《おとこ》の子《こ》には見覚《みおぼ》えがある。四年生《ねんせい》の時同《ときおな》じクラスだった、三原《みはら》ハルタだ。

ハルタは、坂《さか》を上《のぼ》ってきたトキツグに気《き》がついて、かけ寄《よ》ってきた。

「トッキー！」

「ハルちゃん、どしたの？」

トキツグがたずねると、ハルタはまじめな顔《かお》で、

「応援《おうえん》に来《き》た」

「……だれを？」

「トッキーを」

「……なんで？」

「大事《だいじ》な試合《しあい》だろ？」

「……うん。囲碁《いご》だけど」

「がんばれ、トッキー。じゃ、やるか」

ハルタが後《うし》ろの二人に声《こえ》をかけ、わけのわからないトキツグの前《まえ》で、三人《にん》は整列《せいれつ》してきりりと構《かま》えた。

「フレ――――」

どどん。

「フレ――――」

どどん。

「トーキーツーグ」

どどどん。

「そーれ、フレ、フレ、トキツグ」

どん、どん、どどどん。

「フレ、フレ、トキッグ」

どん、どん、どどどん。

「ファイトー、オー！」

ハルタの手《て》から、色《いろ》とりどりの紙《かみ》ふぶきが放《はな》たれて、ちらちら降《ふ》り注《そそ》いだ。それを見《み》ながらぽかんと突《つ》っ立《た》っているトキッグに、ハルタは力強《ちからづよ》く、

「トッキー、がんばって！」

「……うん」

首《くび》をかしげながら、トキッグが会場《かいじょう》へ向《む》かって歩《ある》き出《だ》すと、

「君《きみ》たち」

後《うし》ろで、太《ふと》い声《こえ》がした。

「ここでさわいじゃだめだよ」

トキッグがふりむくと、市民《しみん》センターの守衛《しゅえい》さんらしき人《ひと》が、ハルタたちに声《こえ》をかけているのが見《み》えた。

「それと、ゴミを散《ち》らかさないで」

「ハイ、すみません」

三人《にん》は、その場《ば》にしゃがみこんで、散《ち》らばった紙《かみ》ふぶきをせっせとひろい集《あつ》めた。

「いいアイデアだと思《おも》ったんだけどなあ」

「部長《ぶちょう》、この次《つぎ》はちりとり持《も》ってきましょう」

トキツグは頭《あたま》をふって、また会場《かいじょう》への道《みち》を歩《ある》き出《だ》した。髪《かみ》にくっついていた金色《きんいろ》の紙片《しへん》が一枚《まい》、はらりと落《お》ちた。

（二）

「部長《ぶちょう》、すみません」

ミユミが、ひどく申《もう》しわけなさそうに頭《あたま》を下《さ》げた。

次《つぎ》の土曜日《どようび》、大江《おおえ》ノ木小《きしょう》の校庭《こうてい》で、サッカー部《ぶ》の練習試合《れんしゅうじあい》がある。同《おな》じクラスのサッカー部員《ぶいん》からこのことを聞《き》いたハルタが、応援《おうえん》やろう、と提案《ていあん》したのだが、

「自分《じぶん》、その日《ひ》は柔道《じゅうどう》のけいこがあるんです」

ミユミが通《かよ》っている柔道教室《じゅうどうきょうしつ》に、元《もと》日本代表《だいひょう》の先生《せんせい》が教《おし》えに来《き》てくれるというのだ。

「一年に二回《かい》くらいしかないんです」

「それは、大事《だいじ》なけいこだねえ」

ミユミが柔道優先《じゅうどうゆうせん》というのはわかっていたので、ハルタはすぐにうなずいた。

「だいじょうぶだよ、ぼくと久末《ひさすえ》くんの二人で行《い》くから」

すると、

「ぼくも行《い》きたくない」

ノリタロウが、ぼそりと言《い》った。

「へ？」

ハルタがきょとんとしていると、

「サッカー、きらいだから」

何言《なにい》ってんだよ、こいつ。ハルタはあきれて、

「でも、久末《ひさすえ》くんがサッカーするわけじゃないし」

ノリタロウは、だまっている。

「サッカー部《ぶ》の友《とも》だちって、いない？」

「……いるけど」

「じゃあ、その友《とも》だちを応援《おうえん》しに行《い》こうよ」

ノリタロウは、また、だまりこんだ。

「何《なに》かほかに、理由《りゆう》でもあんの？」

「別《べつ》に」

その一言《ひとこと》に、がまんして聞《き》いていたミユミが爆発《ばくはつ》した。

「ちょっと、何勝手《なにかって》なことばっかり言《い》ってんのよ」

「小津《おづ》さんだって、行《い》かないくせに」

「しょうがないでしょ、行《い》けたら行《い》くよ。あんた、行《い》けるのに行《い》かないじゃないの」

ノリタロウ、またまただまりこむ。

「あんた、ほんとにやる気《き》あんの？」

「……あんまりないけど」

ノリタロウの口《くち》から、本音《ほんね》が飛《と》び出《だ》した。

ハルタもミユミも、すぐには言葉《ことば》が出《で》てこなかった。

やっぱりそうか——貴重《きちょう》な新入部員《しんにゅうぶいん》だから、深《ふか》く聞《き》くことはさけていたけれど、もとからそうだったのだ。

ハルタは、あまりカッとなる方《ほう》ではない。けれど、きょうはやたらに腹《はら》が立《た》った。今《いま》まで見《み》ないでおこうとしてきたことを、いきなり向《む》こうから、目《め》の前《まえ》に突《つ》きつけられたのだから。

「久末《ひさすえ》くん、なんで応援部《おうえんぶ》に入《はい》ったの？」

思《おも》わず、最初《さいしょ》から持《も》っていた疑問《ぎもん》をぶつけた。返事《へんじ》はない。

「やる気《き》あんまりないなら、やめてくれていいよ」

いつになくきつい言葉《ことば》に、ミユミがおどろいてハルタを見《み》た。

ノリタロウは、だまったまま部屋《へや》を出《で》ていった。


ハルタは、どちらかといえばのんきな方《ほう》なので、おこっても、たいして長《なが》くは続《つづ》かない。その上《うえ》おこり出《だ》しても、たいていの場合《ばあい》、半分《はんぶん》が相手《あいて》に対《たい》するいかりで、残《のこ》り半分《はんぶん》は自分《じぶん》に対《たい》するいかりだ。あまりおこらない人《ひと》というのは、おこること自体《じたい》が悪《わる》いことのような気《き》がするものなのだ。

というわけで、次《つぎ》の日《ひ》には、ハルタはすっかり後悔《こうかい》していた。

……あんなこと、言《い》わなきゃよかった……。

貴重《きちょう》な新入部員《しんにゅうぶいん》が一人減《へ》るかもしれない、ということよりも、あんなにサッカー部《ぶ》の応《おう》援《えん》をいやがっていたのだから、何《なに》かノリタロウなりの事情《じじょう》があったんじゃないか、と思《おも》い直《なお》したのだ。

「なんにでも、そこにいきつくまでの道《みち》のりってもんがあるんだ」

とうちゃんが、えらそうに言《い》ってたっけ。

「結果《けっか》だけ見《み》て、全部《ぜんぶ》わかったつもりになってると、人生《じんせい》、うわっつらしか知《し》らないで終《お》わっちまうぞ」

それは、かあちゃんが用事《ようじ》で出《で》かけた日《ひ》のこと。とうちゃんがみんなのために作《つく》ってくれたラーメンがあまりにまずくて、文句《もんく》を言《い》いまくっていたら、自分《じぶん》がこのラーメンを作《つく》るのに、どれだけ時間《じかん》と手間《てま》と愛情《あいじょう》をかけたのかをせつせつと聞《き》かされて、それを聞《き》いた後《あと》でもやっぱりまずかったけれど、ふしぎとのどを通《とお》ったものだ。

ちょっと意味《いみ》はちがうようだけれど、ハルタは考《かんが》えたのだ。ノリタロウもいろいろあって、いろいろいろいろあって、『行《い》きたくない』にいきついたのかもしれない、と。

次《つぎ》の日《ひ》の休《やす》み時間《じかん》、ノリタロウの教室《きょうしつ》に行《い》ってみた。中《なか》をのぞくと、ノリタロウは、一人の男《おとこ》の子《こ》と話《はなし》をしていた。メガネをかけた優《やさ》しそうな子《こ》だ。ノリタロウは笑《わら》っている。ハルタが見《み》たことのない、楽《たの》しそうな笑顔《えがお》だった。

そんな楽《たの》しいひとときをじゃまするのは気《き》がひけて、ハルタはそのまま自分《じぶん》の教室《きょうしつ》にもどった。

放課後《ほうかご》。もう一度《いちど》ノリタロウの教室《きょうしつ》へ行《い》くと、姿《すがた》が見《み》えない。一足《ひとあし》おくれだったようだ。急《いそ》いでくつ箱《ばこ》へ走《はし》ったけれど、やっぱりいない。引《ひ》き返《かえ》しながら窓《まど》の外《そと》に目《め》をやると、校庭《こうてい》を横切《よこぎ》る見覚《みおぼ》えのある後《うし》ろ姿《すがた》。ノリタロウだ。ハルタは、ろうかをかけもどってくつをはき、外《そと》に飛《と》び出《だ》した。追《お》いかけたけれど、もういない。

「速《はや》いなあ。どっちに行《い》ったんだろう？」

そうだ、入部《にゅうぶ》の時《とき》、住所《じゅうしょ》を書《か》いてもらったっけ。かばんから、いつも持《も》ち歩《ある》いている応《おう》援部専用《えんぶせんよう》のメモ帳《ちょう》を引《ひ》っぱり出《だ》した。ノリタロウの住所《じゅうしょ》は、大江《おおえ》ノ木《き》三丁目《ちょうめ》。前《まえ》のページをめくると、卒業《そつぎょう》した応援部員《おうえんぶいん》の住所《じゅうしょ》が残《のこ》っていて、その中《なか》にも、大江《おおえ》ノ木《き》三丁目《ちょうめ》があった。その先輩《せんぱい》の家《いえ》には一度《いちど》行《い》ったことがあったので、思《おも》い出《だ》しながら歩《ある》き始《はじ》めた。

小《ちい》さな公園《こうえん》の前《まえ》に、町内地図《ちょうないちず》があった。それを見《み》ると、どうやらノリタロウが住《す》んでいるのは、大《おお》きな団地《だんち》のようだ。行《い》ってみると、五階建《かいだ》ての四角《しかく》い建物《たてもの》が六つ並《なら》んでいる。

「うわー、どこだろう」

ハルタは、もう一度《いちど》メモ帳《ちょう》を開《ひら》いた。住所《じゅうしょ》を確《たし》かめると、番地《ばんち》の後《うし》ろに、五―三〇二と書《か》いてある。でも、いくら行《い》ったり来《き》たりしても、どの建物《たてもの》なのかまったくわからない。おまけに、郵便《ゆうびん》受けには名前《なまえ》が書《か》いてない。ノリタロウの家《いえ》に電話《でんわ》してみようかな……って、電《でん》話《わ》がないよ。

「まいったなあ。どうしよう」

……よし！　こうなったら、名前《なまえ》を呼《よ》んでみよう。沼川先生《ぬまかわせんせい》にスカウトされたデカ声《ごえ》で。

ハルタは、団地《だんち》の真《ま》ん中《なか》に立《た》った。すーっと息《いき》を吸《す》いこんで、

「ひーさーす……」

と、やってみたものの、途中《とちゅう》でやめた。最初《さいしょ》が『ひ』というのは、息《いき》がぬけるみたいで、発声《はっせい》しにくいのだ。もう一度《いちど》息《いき》を吸《す》いこんで、今度《こんど》は、

「ノーリータートロー！」

思《おも》いっ切《き》り、大声《おおごえ》でさけんだ。

もう一度《いちど》やろうとした時《とき》、

「ちょっと、やめてよ」

と、声《こえ》がした。あたりを見回《みまわ》すと、ハルタの背中側《せなかがわ》に建《た》っている建物《たてもの》の三階《がい》の窓《まど》から、ノリタロウが顔《かお》を出《だ》している。

「あ、そこかあ。よかった」

ハルタはほっとして、急《いそ》いで後《うし》ろの建物《たてもの》に走《はし》っていった。一気《いっき》に三階《がい》までかけあがると、ノリタロウがドアを開《あ》けて、めいわくそうに立《た》っていた。

「よう」

ハルタがにこにこしながら手《て》を上《あ》げると、ノリタロウは、

「何《なに》か？」

「うん、ちょっといい？」

しかたなく、という様子《ようす》で、ノリタロウは、ハルタを家《いえ》の中《なか》に入《い》れた。

ろうかをまっすぐぬけて、突《つ》き当《あ》たりの左《ひだり》の部屋《へや》に通《とお》された。そこがノリタロウの部屋《へや》のようだ。机《つくえ》の上《うえ》に、さっき帰《かえ》ったばかりというように、かばんがぐしゃりとのっかっている。

低《ひく》い本《ほん》だなに、色《いろ》とりどりのミニカーがずらりと並《なら》んでいるのを見《み》て、ハルタはちょっとうれしくなった。いつもかわいげのないノリタロウにも、こんな趣味《しゅみ》があるのかと思《おも》うと、親《した》しみがわいてくる。

ノリタロウが、麦茶《むぎちゃ》のコップを二つ持《も》ってきた。招《まね》いていないお客《きゃく》ではあるけれど、一応《いちおう》おもてなしはしなければ、と思《おも》ったようだ。

「こういうの、好《す》きなんだね」

ハルタがミニカーを指《ゆび》さすと、

「ちがうよ」

ノリタロウは、いやそうに首《くび》をふった。

「それは、おとうさんが買《か》ってくるんだ」

「へえ、おとうさんがミニカー好《す》きなんだ」

「そうじゃなくて」

ゲーム用《よう》のテーブルに麦茶《むぎちゃ》を置《お》くと、ノリタロウはミニカーの列《れつ》に目《め》をやった。

「おとうさんは、仕事《しごと》で遠《とお》くに住《す》んでて、ぼくとたまにしか会《あ》わないから、ぼくになれていないんだ。それで、子《こ》どもはみんなこういうのが好《す》きだろうと思《おも》ってて、帰《かえ》るたびに買《か》ってくるんだ。ぼく、こんなの別《べつ》に興味《きょうみ》ないのに」

「ふうん、そっか」

「そんなに気《き》をつかわなくてもいいのに」

ノリタロウは、さっきハルタに対《たい》してしたのと同《おな》じぐらい、めいわくそうな顔《かお》をした。

でもハルタには、ノリタロウのおとうさんの気持《きも》ちがなんとなく想像《そうぞう》できた。というのも、きょうはハルタも、ミニカーの一つぐらいおみやげに持《も》ってきたい気分《きぶん》だったから。

「おとうさん、ノリタロウと仲《なか》よくなりたいんだね」

ハルタの言葉《ことば》に、ノリタロウはまゆをひそめた。

「そうかなあ」

ハルタは、改《あらた》めてノリタロウの前《まえ》に座《すわ》り直《なお》した。

「きのうは、ごめん。あんなこと、言《い》うつもりじゃなかったんだけど」

正面《しょうめん》から、素直《すなお》に頭《あたま》を下《さ》げられて、ノリタロウはとまどったようだ。口《くち》をとがらせて、何《なに》も言《い》わない。

「ほんとのこと言《い》うと」

ハルタは、正直《しょうじき》に言《い》った。

「前《まえ》から思《おも》ってたんだ。ノリタロウは、どうして応援部《おうえんぶ》に入《はい》ろうと思《おも》ったのかな、って」

困《こま》ったようにまゆを寄《よ》せて、ノリタロウは口《くち》を開《ひら》いた。

「応援部《おうえんぶ》は、サッカー部《ぶ》と同《おな》じ練習日《れんしゅうび》だから」

そのとおり、応援部《おうえんぶ》とサッカー部《ぶ》の練習日《れんしゅうび》は、同《おな》じ火曜《かよう》と金曜《きんよう》。ハルタは去年《きょねん》一年間《ねんかん》、外《そと》から聞《き》こえてくるサッカー部《ぶ》の声《こえ》を耳《みみ》にしながら練習《れんしゅう》していた。

「応援部《おうえんぶ》に入《はい》れば、サッカー部《ぶ》に入《はい》らなくていいと思《おも》って」

思《おも》いもよらない説明《せつめい》に、ハルタはぽかんとした。

「……なんで理由《りゆう》がいるの？　サッカー部《ぶ》に入《はい》りたくなきゃ、別《べつ》に入《はい》ることないし」

ノリタロウはうつむいた。それから顔《かお》を上《あ》げると、言《い》いにくそうに口《くち》を曲《ま》げた。

「築山《つきやま》くんにさそわれたんだ。いっしょに、サッカー部《ぶ》に入《はい》ろうって」

「ツキヤマくん？」

「ぼくの友《とも》だち」

ハルタの頭《あたま》に、きょうの休《やす》み時間《じかん》、ノリタロウと話《はな》していた男《おとこ》の子《こ》の顔《かお》が浮《う》かんだ。あの子《こ》かな。

「ぼくは、まあ、友《とも》だち多《おお》い方《ほう》じゃないし、それは別《べつ》にいいんだけど、気《き》が合《あ》う子《こ》っていったら築山《つきやま》くんぐらいで」

ああ、それならきっとあの子《こ》だ。すごく楽《たの》しそうだったから。

「大事《だいじ》な友《とも》だちなんだねえ」

「うん。築山《つきやま》くん、サッカーが大好《だいす》きなんだ。だから、いっしょにやろうよって言《い》われた時《とき》、どう断《ことわ》ればいいか、すごく考《かんが》えたんだ。こんなことで、仲悪《なかわる》くなりたくないし」

「でも、その築山《つきやま》くんって、それぐらいで仲悪《なかわる》くなるようなヤツ？」

ノリタロウは、ハルタをにらんだ。

「わかんないよ。わかんないから、困《こま》ったんだよ」

うーん、そうだよなあ……ハルタは考《かんが》え直《なお》した。だれが、どんな言葉《ことば》でおこり出《だ》すかなんて、わかるようでわからない。むずかしいところだ。

「それで、思《おも》いついたんだ。同《おな》じ練習日《れんしゅうび》の応援部《おうえんぶ》に入《はい》りたいんだ、って言《い》えば、納得《なっとく》してくれるかなって」

「そっか……で、納得《なっとく》してくれた？」

「うん」

ノリタロウは、こんな不純《ふじゅん》な動機《どうき》ですみません、とでもいうように、小《ちい》さくなっている。

ハルタはあわてて両手《りょうて》をふった。

「それでもいいよ。こっちは入《はい》ってくれて、すっごく助《たす》かったんだから」

それは、本当《ほんとう》のことだ。部員《ぶいん》二人と三人《にん》、この一人の差《さ》はデカすぎる。どんな理由《りゆう》でも、とにかくありがたかった。

ノリタロウは、ため息《いき》をついた。

「サッカーも苦手《にがて》だけど、ほんと言《い》うと、刈谷先生《かりやせんせい》の方《ほう》が苦手《にがて》なんだ」

ああ、なるほど。それならハルタにもわかる。

「ぼくも苦手《にがて》だよ、刈谷先生《かりやせんせい》」

サッカー部《ぶ》顧問《こもん》の刈谷先生《かりやせんせい》は、練習《れんしゅう》の間中《あいだじゅう》どなりっぱなしで、あれでは部員《ぶいん》も、ちっとも楽《たの》しくないだろうと思《おも》う。

ノリタロウは、さらに大《おお》きなため息《いき》をついた。

「三年《ねん》の時《とき》、ひどい目《め》にあって」

それは、ノリタロウのクラス担任《たんにん》が、少《すこ》しの間《あいだ》教室《きょうしつ》をはなれていた時《とき》のこと。部屋《へや》の中《なか》は、しゃべったり動《うご》き回《まわ》ったりの大《おお》さわぎになっていた。ノリタロウは、そのころすでに大人《おとな》ぶっていたので、

「みんなガキだなあ」

なんて思《おも》いながら、国語《こくご》の本《ほん》をながめていた。

その時《とき》、いきなりドアが開《ひら》いた。それは、教室《きょうしつ》の前《まえ》を通《とお》りかかった刈谷先生《かりやせんせい》だった。先生《せんせい》は、大《おお》さわぎしている子《こ》どもたちをにらみつけた。けれど、盛《も》り上《あ》がる中《なか》、クラスの半分《はんぶん》も先生《せんせい》に気《き》づかない。

そこで刈谷先生《かりやせんせい》は、手《て》っ取《と》り早《ばや》い方法《ほうほう》を取《と》った。手《て》に持《も》っていた教科書《きょうかしょ》で、ドアに一番《いちばん》近《ちか》い席《せき》だったノリタロウの頭《あたま》をなぐりつけたのだ。

「ぼくは、さわいでなかったのに」

教室《きょうしつ》の中《なか》は、すぐに静《しず》かになった。

先生《せんせい》は、そのまま部屋《へや》を出《で》ていった。一体《いったい》なぜ、自分《じぶん》がこんな目《め》にあうのか？　ノリタロウの頭《あたま》の中《なか》は、真《ま》っ白《しろ》になった。

「ひっどいなあ」

ハルタがおこると、ノリタロウは、

「まだあるんだ」

そのひと月後《つきご》、ノリタロウのクラス担任《たんにん》が出張《しゅっちょう》したので、刈谷先生《かりやせんせい》が体育《たいいく》を教《おし》えにきた。ノリタロウはひどくビビったけれど、先生《せんせい》は、ひと月前《つきまえ》のできごとなどまったく覚《おぼ》えていなかった。機嫌《きげん》のよかった先生《せんせい》は、体格《たいかく》のいいノリタロウを見《み》て、

「おまえ、五年《ねん》になったらサッカー部《ぶ》に入《はい》れ」

と、親《した》しげに声《こえ》をかけた。

「ぼく、たくましそうに見《み》えるみたいだけど、体形《たいけい》が親《おや》に似《に》ただけで、何《なに》か運動《うんどう》やってるわけじゃないし」

少《すこ》し動《うご》けば、体育《たいいく》が得意《とくい》でないことはすぐわかる。ノリタロウの不器用《ぶきよう》そうな動《うご》きに気《き》づいた先生《せんせい》は、あっさり言《い》い放《はな》った。

「やっぱり、おまえはいらない」

ノリタロウは、三回目《かいめ》のため息《いき》をついた。

話《はなし》を聞《き》いていたハルタの顔《かお》が赤《あか》くなって、まゆがつり上《あ》がった。これは、めったにおこらないハルタがおこった時《とき》の、トップクラスのいかり顔《がお》だ。

「わかった。サッカー部《ぶ》の応援《おうえん》、やめた！」

「えーっ」

今度《こんど》は、ノリタロウの方《ほう》があわてた。

「いや、ぼくは行《い》きたくないけど、やっぱ応援部《おうえんぶ》としては、行《い》った方《ほう》がいいんじゃない？」

「なんで」

「なんでって、先生《せんせい》の好《す》ききらいで、応援《おうえん》するかどうか決《き》めちゃいけないよね？」

「いいじゃん」

ハルタがおこり出《だ》したことで、ノリタロウは、急《きゅう》に冷静《れいせい》になった。

「でも、部長《ぶちょう》が言《い》ったんだよ、友《とも》だちを応援《おうえん》しに行《い》こうよって。サッカー部員《ぶいん》と先生《せんせい》は、関係《かんけい》ないもんね」

そう言《い》われれば、確《たし》かにそうだ。

「……うーん……」

考《かん》えこむハルタに、ノリタロウは肩《かた》をすぼめて、

「でもまあ、ぼくが行《い》かなきゃ応援《おうえん》にならないよね。たった一人だもん」

少《すこ》し落《お》ち着《つ》いてきたハルタは、ノリタロウの様子《ようす》が変《か》わってきたことに気《き》がついた。きのうは、とにかくイヤだ、とガチガチにかたまっていたけれど、いろんなことを話《はな》してくれた今《いま》は、イヤなのはイヤだけれど、応援部員《おうえんぶいん》として考《かん》えてくれている。それなら、あと一歩《いっぽ》だ。

「刈谷先生《かりやせんせい》と話《はな》さなきゃいけない時《とき》は、ぼくが全部《ぜんぶ》やるから、ノリタロウは心配《しんぱい》しなくていいよ」

ノリタロウは、上目《うわめ》づかいにハルタを見《み》た。

「だから、いっしょに築山《つきやま》くんを応援《おうえん》しに行《い》こうよ」

その言葉《ことば》に、ノリタロウはやっとうなずいた。

「じゃあ、行《い》く」

「おっしゃ！」

うれしくなったハルタは、ノリタロウが持《も》ってきてくれた麦茶《むぎちゃ》のコップを高々《たかだか》と上《あ》げた。

「かんぱーい！」

ノリタロウはしぶしぶ、そのコップに自分《じぶん》のコップをカチンとあてた。

ぐいっと飲《の》みほす。うまいなあ。

ノリタロウも、麦茶《むぎちゃ》をちびりと飲《の》んでから、

「あの」

えんりょがちに提案《ていあん》した。

「ぼく、どなるのは好《す》きじゃないけど、何《なに》か楽器《がっき》を鳴《な》らすんだったら、できるかも」

旗持《はたも》ちをやめることをあんなにいやがっていたのに、ノリタロウも、いろいろ考《かんが》えてくれていたんだ。ハルタはうれしくなった。

「楽器《がっき》ねえ」

ミユミが来《こ》ない今回《こんかい》だけは、太鼓《たいこ》をたたいてもらおう。でも、次《つぎ》からはどうしよう？

太鼓《たいこ》のほかに、楽器《がっき》は使《つか》わない。高校野球《こうこうやきゅう》の応援団《おうえんだん》には、ラッパを吹《ふ》いたり鈴《すず》を鳴《な》らしたりするところもあるけれど、そんな音《おと》を出《だ》せば、たった一人のハルタの声《こえ》が、かき消《け》されてしまいそうだ。

うーん、と首《くび》をかしげた時《とき》、机《つくえ》の横《よこ》にかけてある銀色《ぎんいろ》のホイッスルが目《め》に入《はい》った。

「あっ、これ」

去年《きょねん》の応援部《おうえんぶ》ではやらなかったけれど、ずっと前《まえ》、部員《ぶいん》がたくさんいた時《とき》には、全員《ぜんいん》がホイッスルを首《くび》から下《さ》げておいて、いっせいに吹《ふ》くという応援《おうえん》もあった、と、沼川先生《ぬまかわせんせい》が言《い》っていた。

「それ、防犯用《ぼうはんよう》の笛《ふえ》だよ」

「ノリタロウ、ちょっと吹《ふ》いてみて」

ノリタロウは、ふしぎそうな顔《かお》をしながら、ホイッスルを手《て》に取《と》った。

ピー。すずしい音《おと》がした。

「うん、うまいよ」

ハルタがほめると、ノリタロウはまゆを寄《よ》せて、

「こんなの、だれが吹《ふ》いても同《おな》じだよ」

ハルタは笑《わら》って立《た》ち上《あ》がった。

「じゃ、ぼくに合《あ》わせて吹《ふ》いてみて」

家《いえ》の中《なか》なので、小《ちい》さい声《こえ》と小《ちい》さい動《うご》きで、基本形《きほんけい》の応援《おうえん》をやってみる。最初《さいしょ》はとまどっていたノリタロウも、いっしょに立《た》って胸《むね》をはり、はぎれよく笛《ふえ》を吹《ふ》くうちに、まんざらでもない顔《かお》になった。

「いいじゃん、これでいこう」

ハルタは、ノリタロウに笑顔《えがお》を向《む》けた。

（三）

児童会副会長《じどうかいふくかいちょう》の千葉《ちば》シンキチは、『おこのみやき　とべ』の店内《てんない》で、エビのしっぽがどっさり入《はい》ったお好《この》み焼《や》きをつついていた。

「オレは、オバケなんかこわくねえし」

いい色《いろ》に焼《や》けたお好《この》み焼《や》きにソースを重《かさ》ねぬりしながら、シンキチは口《くち》をとがらせた。

「そうだよねえ」

児童会長戸部《じどうかいちょうとべ》アネの母《はは》が、テーブルをふきながら、相《あい》づちを打《う》つ。

「だから、別《べつ》にいいんだけど」

『外《そと》トイレのオバケは、ほんとうにいるんでしょうか？』

先週《せんしゅう》、なんでも箱《ばこ》にこんな紙《かみ》が入《はい》っていた。

外《そと》トイレとは、校庭《こうてい》のすみ、体育倉庫《たいいくそうこ》のそばにあるトイレのこと。二つのトイレがあり、向《む》かって右側《みぎがわ》がドアなしの立《た》ちション用《よう》トイレ、左側《ひだりがわ》はドアつきの洋式《ようしき》トイレで、オバケのうわさがあるのは、左《ひだり》の洋式《ようしき》トイレの方《ほう》だ。いつごろから始《はじ》まったうわさなのかわからない。

いろんなうわさがあるけれど、一番多《いちばんおお》いのが、次《つぎ》のようなものだ。

『一　放課後《ほうかご》、左《ひだり》のドアを三回《かい》ずつ三度《ど》ノックすると、一回返事《かいへんじ》がある。

二　ドアを開《あ》けても、中《なか》にはだれもいない。

三　トイレの底《そこ》から水《みず》がわいてきて、自然《しぜん》に体《からだ》が引《ひ》っぱりこまれる』

………

なんでも箱《ばこ》の質問《しつもん》には、できる限《かぎ》り答《こた》えたい。そこで、

「やっぱり、こういうのは男子《だんし》の役目《やくめ》よね」

児童会長《じどうかいちょう》のアネの一言《ひとこと》で、シンキチと書記《しょき》のタイジが確《たし》かめに行《い》くことになってしまった。

「で、きのう、行《い》ってきたんだけど」

シンキチが、マヨネーズのチューブをにぎりしめて、鼻《はな》を鳴《な》らした。アネ母《はは》は、おおげさにおどろいた。

「あらまあ。それで？」

なんでも箱《ばこ》に紙《かみ》を入《い》れたのは、四年生《ねんせい》の女《おんな》の子《こ》三人組《にんぐみ》で、自分《じぶん》たちも確《たし》かめたいと、シン

キチとタイジの後《あと》をついてきた。

「ねえねえ、どうする？　もし、ほんとにいたら」

「私《わたし》、絶対《ぜったい》にげる」

「えー、おいてかないでよ」

自分《じぶん》たちだけで盛《も》り上《あ》がり、こわがっているのかおもしろがっているのか、よくわからない。

ふしぎなことに、一行《いっこう》が外《そと》トイレに近《ちか》づくにつれて、朝《あさ》からよく晴《は》れていた空《そら》に、雲《くも》がじわじわ広《ひろ》がり始《はじ》めた。なんだこの空《そら》、別《べつ》にそんな雰囲気《ふんいき》作《つく》ってくれなくていいのに、とシンキチが思《おも》っているうちに、ぽつり、とひとつぶ落《お》ちてきた。

後《うし》ろからついてくる三人組《にんぐみ》も、だんだん静《しず》かになってきた。ひそひそ声《ごえ》で、

「もし引《ひ》っぱりこまれたら、どうしよう」

「だいじょうぶだよ。引《ひ》っぱりこまれるとしても、ノックした人《ひと》だけだよ」

「そうだよね。私《わたし》たち、だいじょうぶだよね」

勝手《かって》なことばかり言《い》っている。シンキチにノックをさせて、自分《じぶん》たちは、いざとなったらにげだそうというのだ。

こわくはない、と、シンキチは自分《じぶん》に言《い》い聞《き》かせた。だって、オバケを信《しん》じないことにし

ているのだから。けれど、外《そと》トイレに着《つ》き、ドアの前《まえ》に立《た》つと、なぜかうろたえた。なんだよ、オレ。こわくないだろ、たたけよ、オレ。ノックしようと手《て》をのばしかけたものの、途《と》中《ちゅう》で止《と》まってしまった。

すると、横《よこ》からすーっと手《て》がのびた。書《しょ》記《き》のタイジだ。にこにこしながら、

『トトトン、トトトン、トトトン』

実《じっ》にあっさり、やってのけてしまったのだ。

………

なんの返事《へんじ》もない。

タイジが、いきなりドアを開《あ》けた。

シンキチ、そして三人組《にんぐみ》は息《いき》をのんだ。

トイレの中《なか》は、何《なに》も変《か》わったところなどなかった。水《みず》もわき出《だ》さないし、だれかが引《ひ》っぱりこまれることもない。まったく何《なに》も起《お》きなかったのだ。

せっかくオバケに会《あ》わずにすんだというのに、三人組《にんぐみ》は、つまらなそうに顔《かお》を見合《みあ》わせた。

「ノックのしかた、悪《わる》かったんじゃない？」

「ドアを開《あ》けるのも、ちょっと早《はや》すぎって感《かん》じ」

そして、

「やっぱり、何《なに》かあるよ。だって、ずっと晴《は》れてたのに、急《きゅう》にくらくなったもん」

「だよね。絶対《ぜったい》、なんかのノロイだよ」

こりもせず、口々《くちぐち》に外《そと》トイレのあやしさを力説《りきせつ》しながら、シンキチとタイジをほったらかして、さっさと帰《かえ》ってしまった。

残《のこ》された二人は、だまってトイレのドアを閉《し》めた。

「タイジは、オバケとかこわくねえの?」

額《ひたい》に落《お》ちた雨《あま》つぶをこすりながら、シンキチがたずねると、

「別《べつ》に」

タイジはにこにこしている。

「オレもこわくはないけどさ、急《きゅう》に雨降《あめふ》り出《だ》したし、ちょっとヘンな感《かん》じしたよな」

ノックができなかったことの言《い》いわけに、天気《てんき》の変化《へんか》を持《も》ち出《だ》すと、タイジが急《きゅう》に笑《わら》い出《だ》した。

「へへへ」

「なんだよ」

「オレ、超雨男《ちょうあめおとこ》」

「えーっ！」

出《で》てこなかったオバケより、ずっと超自然的《ちょうしぜんてき》なキャラクターが、こんなに近《ちか》くにいたとは……。

「おやまあ」

アネ母《はは》が、感嘆《かんたん》の声《こえ》を上《あ》げた。

「いや、別《べつ》にどっちでもいいよ、オバケがいるかいないかなんて」

シンキチはいかりに燃《も》えながら、お好《この》み焼《や》きにヘラを突《つ》き立《た》てた。

「それより、なんでオレなの？　オバケがいるかどうか確《たし》かめに行《い》くなんて、だれでもいいじゃん。いや、もちろんこわくなんかねえけど、別《べつ》にオレじゃなくたって……だいたい、アネの方《ほう》がよっぽどたくましいし」

「そうだよねえ」

アネ母《はは》が、台《だい》ふきをたたみ直《なお》しながら、大《おお》きくうなずいていると、

「ただいま」

店《みせ》の戸《と》がガラガラと開《あ》いて、アネが入《はい》ってきた。

「あっ、シンキチ、来《き》てたんだ」

「来《き》てたよ、悪《わる》いか」

「何《なに》おこってんの。おいしいでしょ、スペシャルお好《この》み焼《や》き。いっぱい食《た》べてよ」

「その手《て》はくわねえぞ。また、なんか仕事《しごと》させる気《き》だろ」

「うわあ、なんでわかるの？　さっすがシンキチ、カンがするどいよねえ」

「へへへ、すげえだろ……って、もう、ごまかされねえからな。なんだよ今度《こんど》は」

「応援部《おうえんぶ》の助《すけ》っ人《と》、たのみたいんだけど」

「助《すけ》っ人《と》？」

「うん。応援部《おうえんぶ》、今度《こんど》サッカー部《ぶ》の練習試合《れんしゅうじあい》の応援《おうえん》をやるんだって。でも、どうしても一人来《こ》られないから、二人でやるって。いくらなんでもそれ、少《すく》なすぎるでしょ。だから」

「やだよ。オレ、いそがしいもん」

「今度《こんど》の土曜《どよう》の朝《あさ》九時《じ》、校庭《こうてい》に集合《しゅうごう》だって。午前中《ごぜんちゅう》で終《お》わっちゃうよ」

「じゃ、アネが行《い》けよ」

「私《わたし》、用事《ようじ》あるもん。それに、シンキチ器用《きよう》だから、応援《おうえん》もうまそうだし」

「まあ、オレは何《なに》やってもうまいけどさ」

「サッカー部《ぶ》には、カナエちゃんもいるよ」

「そうだ！　大友《おおとも》さん、サッカー部《ぶ》だったんだ」

大友《おおとも》カナエは、もう一人の児童会副会長《じどうかいふくかいちょう》だ。シンキチは、ひそかにカナエのことを、ちょっとタイプだなあ、なんて思《おも》っていた。もちろん、アネはそのことに気《き》づいていて、

「カナエちゃんのユニホーム姿《すがた》、見《み》たことある？　超《ちょう》りりしいよ」

「へぇー、見《み》たいなあ」

シンキチの目《め》じりが、でれでれと下《さ》がっていく。そこで、とどめの言葉《ことば》。

「シンキチが応援《おうえん》に行《い》けば、カナエちゃん、きっと喜《よろこ》ぶよ。だから、ね、仲間《なかま》を代表《だいひょう》して、お願《ねが》い」

「よっしゃー！　まかせとけ」

シンキチはこぶしを突《つ》きあげると、元気《げんき》にスペシャルお好《この》み焼《や》きをほおばった。

アネは、テーブルの向《む》こうのアネ母《はは》に、こっそりV《ブイ》サインを送《おく》った。


練習試合《れんしゅうじあい》の朝《あさ》。

ハルタは、いつもより少《すこ》しおそく家《いえ》を出《で》た。きょうの練習試合《れんしゅうじあい》は大江《おおえ》ノ木《き》小《しょう》の校庭《こうてい》で行《おこな》

われるので、この前《まえ》みたいに、急《いそ》いで自転車《じてんしゃ》をこいでいく必要《ひつよう》はない。学校《がっこう》に着《つ》くと、サッカー部員《ぶいん》たちはもう集《あつ》まって、体《からだ》をほぐしていた。

サッカー部《ぶ》の応援《おうえん》は初《はじ》めてだ。ハルタは、顧問《こもん》の刈谷先生《かりやせんせい》にあいさつしておこうと思《おも》ったが、先生《せんせい》は相手《あいて》チームの先生《せんせい》との打《う》ち合《あ》わせでいそがしそうだ。あいさつは後回《あとまわ》しにして、どんなふうに応援《おうえん》しようかと、ピッチをながめながら考《かんが》えた。

この前《まえ》のバスケ部《ぶ》の試合《しあい》でわかったのが、スポーツによってテンポがまったくちがうということだった。あれから、テレビでサッカーの試合《しあい》を見《み》て研究《けんきゅう》した。サッカーも常《つね》に選手《せんしゅ》が走《はし》っていて、野球《やきゅう》とは全然《ぜんぜん》ちがう。サポーターの声援《せいえん》は、速《はや》い調子《ちょうし》で歌《うた》うようなかけ声《ごえ》が多《おお》かった。よし、アップテンポの方《ほう》でいこう、と思《おも》った。

まずは選手《せんしゅ》の名前《なまえ》を聞《き》いておこう、とピッチを見回《みまわ》すと、準備運動《じゅんびうんどう》をしている選手《せんしゅ》たちの中《なか》に、同《おな》じクラスの八島《やしま》ヒロヤを見《み》つけた。

「ヒーロー、ヒーロー」

声《こえ》をかけると、ふりむいたヒロヤは、学《がく》ランにはちまき姿《すがた》のハルタを見《み》て目《め》を丸《まる》くした。

「ハル！　なにしてんの？」

「応援《おうえん》しにきた」

「でも、うち、サッカー部《ぶ》だけど」

「野球部《やきゅうぶ》以外《いがい》の応援《おうえん》も、やることにしたんだ」

ヒロヤはおもしろがって、ハルタのところにかけ寄《よ》った。

「うわあ、すげえ。なんか、クラブチームのサポーターみたい」

「ちょっと人数少《にんずうすく》ないけどね。でさ、選手《せんしゅ》の名前《なまえ》、教《おし》えて」

「えー、名前《なまえ》も呼《よ》ぶの？　すげえ」

ヒロヤは、ハルタがメモ帳《ちょう》を準備《じゅんび》しているのを見《み》て、感心《かんしん》した。

「五番《ばん》はだれ？」

「五番《ばん》は、小池《こいけ》ダイゴ。七番《ばん》は……」

その時《とき》、

「こら、そこ、さぼるな」

刈谷先生《かりやせんせい》のどなり声《ごえ》がした。

「ごめんハル、また後《あと》で」

ヒロヤは首《くび》をちぢめて、部員《ぶいん》たちのところへかけもどっていった。

選手《せんしゅ》の名前《なまえ》を聞《き》きそこねてしまった。まあ、背番号《せばんごう》で呼《よ》べばいいか、と思《おも》っていたら、

「おはよう」

後《うし》ろから声《こえ》がした。ノリタロウだ。

「おはよう。きょうは小津《おづ》さんが休《やす》みだから、ちょっとさびしいけど、がんばろう」

「さびしくないし」

「ははは。じゃ、きょうは太鼓《たいこ》たのむよ」

「うまくたたけるかなあ」

ノリタロウはぶつぶつ言《い》いながら、三脚《さんきゃく》に旗《はた》を立《た》て、学《がく》ランを着《き》た。

その時《とき》、

「はよっす」

元気《げんき》な声《こえ》がした。見《み》ると、児童会副会長《じどうかいふくかいちょう》の千葉《ちば》シンキチが、にこにこしながら立《た》っている。

「助《すけ》っ人《と》に来《き》ました」

「えーっ!?」

おどろくハルタに、シンキチはてれ笑《わら》いしながら、

「児童会長命令《じどうかいちょうめいれい》で」

思《おも》いがけない応援《おうえん》に、ハルタは感激《かんげき》した。

「うわーっ、助《たす》かるよ。ほんとありがとう」

「いやあ、オレもいっぺん、サポーターとかやってみたかったしさあ」

実《じつ》は大友《おおとも》カナエのサポーターなのだけれど、それはないしょ。

ハルタはさっそく、

「じゃ、合《あ》わせておこう。ぼくのかけ声《ごえ》を追《お》いかけるみたいに、くり返《かえ》してもらっていい？」

「うあー、なんかキンチョーするなあ」

三人《にん》は頭《あたま》を寄《よ》せて、練習《れんしゅう》を始《はじ》めた。

ハルタがまず『いけいけオオエ』とやって、続《つづ》けてシンキチも『いけいけオオエ』、合《あ》わせてノリタロウが、どん、どん、どどどん。これを、えんえんとくり返《かえ》す。

「へええ、おもしれえ。で、これ、いつやめんの？」

「うーん、なんとなく、ふわっと」

ピッチで、笛《ふえ》の音《おと》がひびいた。試合開始《しあいかいし》だ。刈谷先生《かりやせんせい》にあいさつをしそびれてしまったけれど、しょうがない。応援部《おうえんぶ》は急《いそ》いで前《まえ》を向《む》き、姿勢《しせい》を整《ととの》えた。

相手《あいて》チームは、体《からだ》の大《おお》きい選手《せんしゅ》が多《おお》い。ちょっとやそっとぶつかっても動《どう》じないのだ。その上動《うえうご》きが速《はや》くて、足《あし》さばきも軽《かる》い。なかなかてごわそうだ。

大江《おおえ》ノ木小《きしょう》チームも、負《ま》けてはいない。ボールを取《と》られてもすぐに取《と》り返《かえ》し、また取《と》られればまた、と、はげしい攻防戦《こうぼうせん》が続《つづ》く。

ハルタは、テンポの速《はや》いかけ声《ごえ》を始《はじ》めた。

「いけいけ、オオエ

いけいけ、オオエ」

ひたすらくり返《かえ》す。速《はや》くてしんどいけれど、ノリタロウもシンキチも、ずれることなくついてくる。

「大友《おおとも》さーん」

つかれを知《し》らないシンキチは、わずかな休《やす》みの間《あいだ》にもこぶしをふり回《まわ》して、カナエに声援《せいえん》を送《おく》る。

カナエはレギュラーだ。体《からだ》が大《おお》きいし、動《うご》きも素早《すばや》いので、最初《さいしょ》からピッチの中《なか》を走《はし》り回《まわ》っている。アネの言《い》うとおり、ユニホーム姿《すがた》が超《ちょう》りりしい。

しばらくは、どちらにも点《てん》が入《はい》らなかったが、次第《しだい》に相手《あいて》チームが力《ちから》を発揮《はっき》し始《はじ》めた。当《あ》たりが弱《よわ》そうな選手《せんしゅ》をねらって、ぶつかりながらすりぬけざまにボールをうばい、シュートを決《き》める。そのたびに、

「そこ、何《なに》やってる」

刈谷先生《かりやせんせい》がほえる。

特《とく》に、十五番《ばん》の男《おとこ》の子《こ》がターゲットにされた。やせてメガネをかけたこの子《こ》は、パスは正《せい》確《かく》だし、足《あし》も速《はや》い。けれど、でかい選手《せんしゅ》に激突《げきとつ》されると、あっさり吹《ふ》っ飛《と》んでしまうのだ。

それでも十五番《ばん》は、歯《は》をくいしばって走《はし》っていた。飛《と》ばされても飛《と》ばされても、すぐに立《た》ち上《あ》がって、また走《はし》り出《だ》した。けれど、

「やめろやめろ、交替《こうたい》」

刈谷先生《かりやせんせい》が、右手《みぎて》をあげた。とうとう、十五番《ばん》はピッチの外《そと》に下《さ》げられてしまった。

「もっと、体力《たいりょく》つけろ」

次《つぎ》の選手《せんしゅ》が入《はい》り、十五番《ばん》がベンチにもどってくると、刈谷先生《かりやせんせい》はねぎらうこともなく、十五番《ばん》をにらみつけた。

ハルタは、頭《あたま》に血《ち》がのぼった。一生懸命《いっしょうけんめい》ふんばって、すっ転《ころ》んで、何《なに》が悪《わる》いんだ。

ハルタは、かけ声変形《ごえへんけい》パターン・その一を出《だ》した。

「ナイファイ、ナイファイ、十五」

ナイファイ、つまり、ナイスファイト。

「ナイファイ、ナイファイ、十五」

刈谷先生《かりやせんせい》が、こちらをにらんでいる。けれどハルタは、気《き》づかないふりをした。

「ナイファイ、ナイファイ、十五」

シンキチが、手《て》でラッパを作《つく》って、いっしょにどなる。

「ナイファイ、ナイファイ、十五」

ノリタロウは、どならない。けれど、初《はじ》めて聞《き》く変形《へんけい》パターン・その一に合《あ》わせて、力強《ちからづよ》く太鼓《たいこ》をたたく。

「ナイファイ、ナイファイ、十五」

「ナイファイ、ナイファイ、十五」

いつしか、周《まわ》りの見物客《けんぶつきゃく》も、ハルタたちといっしょに声援《せいえん》を送《おく》っていた。


試合《しあい》は五対《たい》四で、おしくも大江《おおえ》ノ木小《きしょう》の負《ま》けだった。

ノリタロウはつかれきって、学《がく》ランをぬぐと地《じ》べたに座《すわ》りこんだ。つかれを知《し》らないシンキチは、カナエに声《こえ》をかけにすっ飛《と》んでいった。

ハルタは、あまりに熱《あつ》くなりすぎてくらくらしてきたので、水道《すいどう》まで行《い》って、頭《あたま》から水《みず》をかぶった。

タオルでごしごし顔《かお》をこすっていると、

「十五番《ばん》、築山《つきやま》くんだったんだ」

いきなり、声《こえ》がした。顔《かお》を上《あ》げると、いつの間《ま》にかノリタロウが横《よこ》に来《き》ていた。

「えっ、そうなの」

築山《つきやま》くんは、ノリタロウの友《とも》だちだ。そう言《い》われれば、メガネをかけた優《やさ》しい顔《かお》は、どこかで見《み》たことがあるような気《き》がした。

「今《いま》、お礼言《れいい》われた。応援《おうえん》ありがとうって」

「築山《つきやま》くんに？　へえ、よかったね」

ノリタロウは、ひどくてれくさそうな顔《かお》をした。

四　ダブルヘッダー

（一）

月曜日《げつようび》の休《やす》み時間《じかん》。

「オレ、ヌマピョンちに行《い》ってきた」

突然《とつぜん》のユウトクの言葉《ことば》に、ハルタはおどろいた。

「えっ、いつ」

「きのう」

お見舞《みま》いに行《い》きたいと思《おも》っていたユウトクは、沼川先生《ぬまかわせんせい》と仲《なか》のいい音楽《おんがく》の江見先生《えみせんせい》に、先《せん》生《せい》の入院先《にゅういんさき》を聞《き》いてみた。すると、

「沼川先生《ぬまかわせんせい》、入院《にゅういん》してないわよ」

ユウトクはびっくりした。長期《ちょうき》のお休《やす》みというから、てっきりどこかの病院《びょういん》に入院《にゅういん》していると思《おも》いこんでいたのだ。

「じゃあ、どこに？」

「おうちで静養《せいよう》してるのよ」

「なあんだ」

入院《にゅういん》するほどじゃないんだ、と、ユウトクはうれしくなった。

「じゃ、会《あ》いに行《い》こっと」

「ダメダメ」

江見先生《えみせんせい》はあわてて、

「あんたみたいなにぎやかな子《こ》が行《い》ったら、先生《せんせい》、落《お》ち着《つ》いて休《やす》めないでしょ。絶対《ぜったい》ダメだからね」

くぎをさされたものの、おとなしくいうことを聞《き》くユウトクではない。

「うるさくしなきゃ、いいんじゃん」

沼川先生《ぬまかわせんせい》の家《いえ》なら知《し》っている。自転車《じてんしゃ》で行《い》ける距離《きょり》だ。

日曜日《にちようび》の午後《ごご》、ユウトクは、先生《せんせい》の笑顔《えがお》のような、あざやかなオレンジ色《いろ》の花《はな》を二本《ほん》買《か》った。お年玉《としだま》の残《のこ》りがなくなったけれど、ヌマピョンが喜《よろこ》んでくれるなら安《やす》いものだ。

アパートの二階《かい》。階段《かいだん》を上《あ》がってチャイムを鳴《な》らすと、しばらくして、ドアの内側《うちがわ》から女《おんな》の人《ひと》の声《こえ》が聞《き》こえた。

「どなたですか？」

「ぼくは、大江《おおえ》ノ木《き》小《しょう》六年《ねん》の、中森《なかもり》ユウトクです」

一年に三回《かい》ぐらいしか使《つか》わない、ていねいな口調《くちょう》で返事《へんじ》すると、少《すこ》し間《あいだ》が空《あ》いてドアが開《ひら》いた。顔《かお》を出《だ》したのは、沼川先生《ぬまかわせんせい》と目元《めもと》がよく似《に》た女《おんな》の人《ひと》。先生《せんせい》のおかあさんのようだ。

先生《せんせい》のおかあさんは、外《そと》に出《で》てドアを閉《し》めると、ユウトクを見下《みお》ろした。

「こんにちは。何《なに》か？」

ユウトクは、めずらしく緊張《きんちょう》した。

「あのう、えっと、沼川先生《ぬまかわせんせい》に早《はや》く治《なお》ってもらいたくて、お見舞《みま》いに来《き》ました」

おかあさんは少《すこ》し笑《わら》って、でも、困《こま》ったような顔《かお》をした。

「まあ、それはありがとう。でも、マリ、今休《いまやす》んでるから、ごめんなさいね。それじゃ」

そして、そのまま中《なか》に入《はい》って、ドアを閉《し》めてしまった。

ユウトクは、ぽつんと残《のこ》された。花《はな》も渡《わた》しそびれた。

「タイミング悪《わる》かったかなあ。日曜《にちよう》の昼間《ひるま》なら、起《お》きてるかと思《おも》ったんだけど」

「そりゃあ、具合悪《ぐあいわる》くて休《やす》んでるんだから、ふつう、ねてるよ」

と言《い》いながら、ハルタは、自分《じぶん》もお見舞《みま》いに行《い》きたいと思《おも》っていたので、行《い》く前《まえ》には電話《でんわ》しよう、と思《おも》った。

まだ休《やす》み時間《じかん》が残《のこ》っている。図書室《としょしつ》に本《ほん》を返《かえ》しに行《い》こうと、ハルタは教室《きょうしつ》を出《で》た。

せまいたたみの部屋《へや》の前《まえ》を通《とお》りかかると、ドアのすきまから、たばこのにおいがする。学校《がっこう》の中《なか》は禁煙《きんえん》だ。中《なか》をのぞくと、予想《よそう》どおり、応援部副顧問《おうえんぶふくこもん》の木内良造先生《きうちりょうぞうせんせい》が、たたみの上《うえ》にねころんで、ぷかぷかやっていた。

「先生《せんせい》、校内《こうない》は禁煙《きんえん》ですよ」

声《こえ》をかけると、先生《せんせい》は一瞬《いっしゅん》あわてたけれど、ハルタだと気《き》づいて、目《め》を細《ほそ》くした。

「よう、部長《ぶちょう》、やってるか」

全然来《ぜんぜんき》てくれないけれど、先生《せんせい》のおかげで部活《ぶかつ》を続《つづ》けることができたので、ハルタはぴょこんと頭《あたま》を下《さ》げた。

「はい、バスケ部《ぶ》とサッカー部《ぶ》の応援《おうえん》をしました。あ、囲碁部《いごぶ》も」

「そうか。まあ、ぼちぼちやってくれ」

木内先生《きうちせんせい》は、たばこの火《ひ》を消《け》すと、体《からだ》を起《お》こして大《おお》きくのびをした。

「先生《せんせい》も、たまにはのぞきに来《き》て下《くだ》さい」

「そうだな、時間《じかん》があったらな」

ハルタの頭《あたま》をぽんぽんたたいて、先生《せんせい》は部屋《へや》を出《で》ていった。

時間《じかん》なら、ありそうに見《み》えるけどな。サンダルをペタペタ鳴《な》らして歩《ある》いていく後《うし》ろ姿《すがた》を見《み》送《おく》りながら、ハルタは思《おも》った。


数日後《すうじつご》の放課後《ほうかご》。

児童会室《じどうかいしつ》のとなりにある放送室《ほうそうしつ》から、はしゃぎ声《ごえ》が聞《き》こえてくる。放送委員《ほうそういいん》が、CD《シーディー》やカセットテープを次々《つぎつぎ》にかけて、どんな曲《きょく》が入《はい》っているのか聞《き》いているのだ。

「あ、この歌《うた》知《し》ってる」

児童会《じどうかい》の五年書記《ねんしょき》、関本《せきもと》メグミがにっこりした。アネは体《からだ》を乗《の》り出《だ》して、

「さすがメグちゃん、くわしいよね」

メグミは、クラスのくじ引《び》きで負《ま》けて児童会役員《じどうかいやくいん》になったので、あまり積極的《せっきょくてき》ではない。

けれど、決《き》まった時間《じかん》には、ノートとペンケースを持《も》っておくれずに来《く》るまじめな子《こ》だ。そのノートの裏表紙《うらびょうし》に、アイドルの写真《しゃしん》がところせましとはりつけてあることに気《き》づいたアネは、メグミと二人の時《とき》は、歌手《かしゅ》の話題《わだい》で盛《も》り上《あ》げることにしていた。

「今《いま》の、だれの歌《うた》？」

「あれは、『食事《しょくじ》は大事《だいじ》』っていうグループ」

「へえ！　おもしろい名前《なまえ》」

「最初《さいしょ》は七人《にん》だったけど、今《いま》は三人《にん》なんだ」

「えー、なんで？」

「それはね、ケンカしたわけじゃなくて……」

メグミのアイドル講義《こうぎ》を聞《き》いていると、

「ういーっ」

シンキチと、もう一人の五年書記《ねんしょき》のタイジが、じゃれあいながら入《はい》ってきた。外《そと》トイレのオバケの一件以来《いっけんいらい》、二人はすっかり仲《なか》よしだ。

きょうは、週《しゅう》に一度《ど》の『なんでも箱《ばこ》』を開《あ》ける日《ひ》だ。休《やす》み時間《じかん》に集《あつ》まれなくて、放課後《ほうかご》になった。

「大友《おおとも》さんは？」

シンキチが、部屋《へや》の中《なか》を見回《みまわ》した。

「まだ」

アネが答《こた》えたちょうどその時《とき》、

「ごめん、おそくなって」

副会長《ふくかいちょう》の大友《おおとも》カナエが、走《はし》りこんできた。アネは手《て》をふって、

「カナエちゃん、いそがしかったら来《こ》なくてもいいよ」

学習塾《がくしゅうじゅく》三つ、習《なら》いごと三つ、おまけにサッカー部《ぶ》にも入《はい》っている。カナエがいそがしいことは、みんな知《し》っていた。アネは、ムリしないでね、というつもりだった。

ところが、その言葉《ことば》にカナエは顔色《かおいろ》を変《か》えた。

「少《すこ》しおくれたぐらいで、そこまで言《い》う？」

アネはあわてた。自分《じぶん》の言《い》ったことで、カナエが気分《きぶん》を害《がい》するとは思《おも》わなかったのだ。

「ごめん、ヘンな意味《いみ》じゃないよ。ごめんね、カナエちゃん」

するとカナエは、すぐに口調《くちょう》をやわらげて、

「私《わたし》も、ごめん。おくれた自分《じぶん》が悪《わる》いのに」

いや、そうじゃない、責《せ》めているわけじゃなくて……とアネは言《い》いたかったけれど、また話《はなし》がこじれそうな気《き》がして、だまっていた。

なんでも箱《ばこ》には、ひとりごとのような紙《かみ》が一枚入《まいはい》っていただけで、児童会役員《じどうかいやくいん》が乗《の》り出《だ》すようなものではなかった。アネがそっとカナエを見《み》ると、仕事《しごと》が増《ふ》えなくてよかった、という顔《かお》をしていた。

シンキチが、話題《わだい》を変《か》えた。

「こないだ、サッカー部《ぶ》の応援《おうえん》に行《い》ったけど、大友《おおとも》さん、かっこよかったよ」

アネも、すぐ話《はなし》に乗《の》って、

「見《み》たかったなあ。カナエちゃん、次《つぎ》は、いつ試合《しあい》やるの？」

「次《つぎ》の土曜《どよう》だけど……」

カナエは気《き》が重《おも》そうに、小《ちい》さく息《いき》をはいた。

「私《わたし》、あんまり出《で》たくないの」

「えっ、どうして？」

アネの質問《しつもん》に、カナエは少《すこ》しうつむいて、

「刈谷先生《かりやせんせい》、どんどん練習試合《れんしゅうじあい》を入《い》れてくるから、全然休《ぜんぜんやす》めなくて」

ただでさえいそがしいのに、土日《どにち》までうまってしまって、ずいぶんきつそうだ。けれど、

「今《いま》の、ウソ。たいしたことないよ」

カナエは、急《きゅう》に明《あか》るい声《こえ》を出《だ》して、いつものカナエにもどると、かばんの中《なか》に手《て》を入《い》れた。

「いけない、忘《わす》れるとこだった。はい、児童会通信《じどうかいつうしん》の原稿《げんこう》」

二か月《げつ》に一度《ど》出《だ》すことになっている、児童会《じどうかい》の活動報告《かつどうほうこく》だ。クリップできちんととめた紙《かみ》をアネに渡《わた》し、

「じゃ、塾《じゅく》あるから、帰《かえ》るね」

「うん、またね」

笑顔《えがお》で手《て》をふると、カナエは、急《いそ》いでくつ箱《ばこ》へと向《む》かっていった。

書記《しょき》二人が帰《かえ》った後《あと》、アネは、さっきカナエから受《う》け取《と》った原稿《げんこう》に目《め》をやった。それから、閉《と》じかけたノートを開《ひら》いて、前《まえ》の方《ほう》のページをめくった。そのノートは、なんでも箱《ばこ》に入《はい》っていた紙《かみ》をはりつけて、それについてのメモを余白《よはく》に書《か》いておくものだった。

「何見《なにみ》てんだよ」

いすを片付《かたづ》けていたシンキチに声《こえ》をかけられ、アネは、少《すこ》し迷《まよ》ってから、

「実《じつ》はね、ちょっと気《き》がついたんだけど」

「何《なに》を」

アネが指《ゆび》さしたのは、二ページめだった。それは、最初《さいしょ》のころになんでも箱《ばこ》に入《はい》っていた紙《かみ》で、『こんなもの作《つく》っても、時間《じかん》のムダ』と書《か》かれていた。

「なんだ、これかよ。これがどうかしたか」

「それと、これ」

次《つぎ》に開《ひら》いたページには、最近入《さいきんはい》っていた紙《かみ》。

『いそがしすぎてうんざり。だれか代《か》わって』

「この二枚《まい》……カナエちゃんの字《じ》に、似《に》てるんだ」

シンキチは、アネの言《い》っている意味《いみ》がわからず、しばらく考《かんが》えてから笑《わら》い出《だ》した。

「ハハハ、まさかあ」

ふざけんなよ、と言《い》いたかったが、アネはまったく笑《わら》わなかった。

「カナエちゃん、ほんとは役員《やくいん》やりたくなかったんじゃないかな」

勉強《べんきょう》もスポーツも、なんでもできるしっかり者《もの》。みんなから信頼《しんらい》されていて、いろんなことを笑顔《えがお》で引《ひ》き受《う》ける。だからこそ、推《すい》せんされて児童会副会長《じどうかいふくかいちょう》にも選《えら》ばれた。その期待《きたい》にこたえるため、相当《そうとう》ムリをしているのかもしれない。

「やらなきゃいけないことたくさんあるのに、これ以上《いじょう》増《ふ》やしたくなかったのかも」

「……そんなら、そう言《い》えばいいじゃん。なんでも箱《ばこ》だって、『やる価値《かち》ある』とか言《い》わないで、イヤならイヤって」

「言《い》えなかったんじゃないの？」

「……」

シンキチは、だまってしまった。

「ごめんね、シンキチ。私《わたし》のかんちがいかもしれないよ」

「なんだよ、今《いま》さら」

アネはノートを閉《と》じて、壁《かべ》にかかっているカレンダーを見《み》た。土曜日《どようび》。

「カナエちゃん、サッカー休《やす》めるといいね」

児童会室《じどうかいしつ》を出《で》たシンキチは、すっかりヘコんだままくつ箱《ばこ》へ向《む》かった。土間《どま》に座《すわ》って、からまったくつひもをほどいていると、

「よう」

後《うし》ろから、声《こえ》をかけられた。三原《みはら》ハルタだ。

「こないだは、ありがとう」

シンキチは思《おも》わず、

「オレも、おもしろかったよ。また行《い》こうかな」

と言《い》ったものの、心《こころ》の中《なか》でため息《いき》をついた。……行《い》っても、大友《おおとも》さんは喜《よろこ》ばないかなあ。

「実《じつ》は、ちょっと困《こま》ってて」

ハルタもなやんでいた。次《つぎ》の土曜日《どようび》、同《おな》じ時間《じかん》に、野球部《やきゅうぶ》とサッカー部《ぶ》の練習試合《れんしゅうじあい》がある。応援部《おうえんぶ》は、今年《ことし》になってまだ野球部《やきゅうぶ》の応援《おうえん》に行《い》っていないので、ぜひ行《い》きたい。でも、サッカー部《ぶ》の方《ほう》も気《き》になる。この前《まえ》の練習試合《れんしゅうじあい》で刈谷先生《かりやせんせい》ににらまれたから、ちょっとやりにくいな、という気持《きも》ちもあるけれど、ノリタロウに言《い》ったとおり、先生《せんせい》ではなく部員《ぶいん》たちを応援《おうえん》すると決《き》めたのだから、そんなことを言《い》ってはいられないのだ。

「でも、野球部《やきゅうぶ》はうちの校庭《こうてい》でやるし、サッカー部《ぶ》は松木小《まつきしょう》で、はなれてるから、かけもちってわけにもいかないし。あーあ、いっそ雨《あめ》でも降《ふ》って、日程《にってい》変《か》わらないかな。けど、少《すこ》しぐらいの雨《あめ》じゃ変更《へんこう》にならないもんね。梅雨《つゆ》、まだだし」

雨《あめ》？　そうだ！　シンキチは手《て》をたたいた。

「よっしゃ、オレ、サッカーの応援《おうえん》に行《い》く」

ハルタはびっくりした。

「えっ、ほんと？」

「もう一人、児童会《じどうかい》のヤツも連《つ》れてくよ」

「うわーっ、ほんとにー!?　助《たす》かるー！　ありがとー！」

ハルタはひどく感激《かんげき》したけれど、シンキチには、あるたくらみがあったのだ。

（二）

土曜《どよう》の朝八時《あさじ》。しかも、歩《ある》いて三十分近《ぷんちか》くかかる松木小《まつきしょう》グラウンドに、シンキチは、もう到着《とうちゃく》していた。休《やす》みの日《ひ》には早起《はやお》きしない、と決《き》めているシンキチにしては、たいしたものだ。

空《そら》は、うすい雲《くも》におおわれてはいるけれど、雨《あめ》が降《ふ》り出《だ》しそうな気配《けはい》はない。それでもシンキチは、かさを持《も》っていた。

サッカー部《ぶ》の集合時間《しゅうごうじかん》は、八時半《じはん》。まだ、松木小《まつきしょう》も大江《おおえ》ノ木小《きしょう》も来《き》ていない。

そこへ、

「おっはよっ」

にこにこしながら、タイジが来《き》た。やはり、かさを持《も》っている。

「よう、わりいな」

「へへへ、ダメかもしんないよ」

「それでもいいよ。そん時《とき》は、いっしょにサッカー部《ぶ》の応援《おうえん》しよう」

「うん」

二人は並《なら》んで、何《なに》をするでもなく、校庭《こうてい》をながめた。コートには、新《あたら》しいラインが引《ひ》かれている。これから始《はじ》まる試合《しあい》のためだろう。

静《しず》かに、時間《じかん》がすぎた。

ゴールネットが風《かぜ》にゆれた。空《そら》を見上《みあ》げると、さっきまでうすかった雲《くも》の色《いろ》が、いつの間《ま》にか濃《こ》くなっている。かたずを飲《の》んで雲《くも》を見《み》ていたシンキチのおでこに、ポツッと一滴《てき》あたった。横《よこ》にいるタイジが、目《め》を丸《まる》くした。

ポツ。ポツポツポツッ。バラバラバラ……

ザ――――――

あわててかさをさすと、シンキチは感動《かんどう》のあまり、タイジにだきついた。

「すっげえ!　タイジ!!」

きょう、タイジに来《き》てもらったのは、雨男《あめおとこ》のタイジに雨《あめ》を降《ふ》らせてもらうためだった。それも、試合《しあい》が中止《ちゅうし》になるくらいの大雨《おおあめ》。中止《ちゅうし》になれば、毎日《まいにち》いそがしいカナエが少《すこ》しでも休《やす》めるから……けれどもちろん、うまくいけばの話《はなし》で、本当《ほんとう》にこんなすごい雨《あめ》が降《ふ》るとは、正直《しょうじき》シンキチも思《おも》っていなかった。

「いやあ、こんなのオレも初《はじ》めてで……ほんとにオレかなあ」

タイジも、首《くび》をかしげている。

「すっごい雨《あめ》」

いきなり女《おんな》の子《こ》の声《こえ》がして、シンキチとタイジはびっくりした。見《み》ると、いつの間《ま》に来《き》たのか、関本《せきもと》メグミが横《よこ》に立《た》っていた。

「あれっ、来《き》てたんだ」

「うん。カナエちゃんの応援《おうえん》しようと思《おも》って」

メグミも、この間《あいだ》のカナエの様子《ようす》が気《き》になっていたようだ。

「でもまさか、こんなに降《ふ》るなんて」

メグミも、かさをさしていた。さっきまで降《ふ》り出《だ》す気配《けはい》などなかったのに、用意《ようい》していたのだ。空《そら》を見上《みあ》げながら、メグミは、がっかりしたように言《い》った。

「私《わたし》、雨女《あめおんな》だけど、ここまで降《ふ》ったことない」

「え――――!?」

シンキチはとび上《あ》がった。

「すっげえ!!　最強書記《さいきょうしょき》コンビだ!!」

強《つよ》い雨《あめ》は、しばらく降《ふ》り続《つづ》いた。集合時間《しゅうごうじかん》になっても、選手《せんしゅ》たちはだれも来《こ》なかった。

一方《いっぽう》、大江《おおえ》ノ木小《きしょう》の方《ほう》は、晴天《せいてん》とまではいかないけれど、降《ふ》り出《だ》すことなく、くもり空《ぞら》を保《たも》っていた。

ハルタは、わくわくしていた。野球部《やきゅうぶ》の応援《おうえん》は久《ひさ》しぶりだ。見慣《みな》れた六年生《ねんせい》の面々《めんめん》と、新《あたら》しく入《はい》った五年生《ねんせい》。そして、野球部顧問《やきゅうぶこもん》は去年《きょねん》と同《おな》じ後藤先生《ごとうせんせい》。

「よう、新《しん》・応援部長《おうえんぶちょう》」

いつもの明《あか》るい声《こえ》に、なんだかほっとする。

「先生《せんせい》、今年《ことし》もよろしく」

「こっちこそ、と言《い》いたいけど、沼川先生《ぬまかわせんせい》、お休《やす》みだよな。もう一人の顧問《こもん》は？　木内先生《きうちせんせい》だったろ？」

「そうだけど、木内先生《きうちせんせい》は、ちょっと」

ハルタの言葉《ことば》に、後藤先生《ごとうせんせい》は首《くび》をふって、

「だよな、来《こ》られないよな。まあ、きょうは練習試合《れんしゅうじあい》だし、うちの学校《がっこう》でやるから、だいじょうぶだろう。けど、部員《ぶいん》三人《にん》とは、またさびしくなったなあ」

「少数精鋭《しょうすうせいえい》だよ」

ちょっとえらそうに、胸《むね》をはってみせた。

ミユミとノリタロウにとっては、初《はじ》めての野球部《やきゅうぶ》の応援《おうえん》だ。

「部長《ぶちょう》、いよいよですね」

ミユミが、目《め》をかがやかせた。

「うん。きょうは思《おも》いきっていくから、よろしく」

「はい、自分《じぶん》も思《おも》いきってたたきます」

ノリタロウはというと、首《くび》からホイッスルを下《さ》げて、なれた手《て》つきで、旗《はた》を立《た》てる三脚《さんきゃく》を組《く》み立《た》てている。

駐車場《ちゅうしゃじょう》の方《ほう》から、対戦相手《たいせんあいて》の井出川小学校野球部《いでがわしょうがっこうやきゅうぶ》が入《はい》ってきた。ずいぶん人数《にんずう》が少《すく》ない。

「おはようございます」

ぼうしを取《と》ってあいさつした井出川小《いでがわしょう》の先生《せんせい》は、いかにも申《もう》しわけない、というように肩《かた》をすぼめた。

「先生《せんせい》、すみません。うちが、まあ、もともと少《すく》ない人数《にんずう》でやっとるんですが、二人はしかをやりまして、一人は練習《れんしゅう》しすぎのくつずれで、きょう、八人《にん》しかおらんのです。それでもよければ、試合《しあい》させてもらいたいんですが」

後藤先生《ごとうせんせい》は、しおらしい顔《かお》で並《なら》んでいる八人《にん》の選手《せんしゅ》を見渡《みわた》した。

「それは大変《たいへん》ですなあ。でも八人《にん》で、ポジションはどうされますか」

「はい、ショートを二、三塁《るい》でカバーします」

井出川小《いでがわしょう》は、車《くるま》で三十分《ぷん》近《ちか》くかかるところにある。そこからわざわざ来《き》てくれたのだ。

「そうですか。わかりました、やりましょう」

後藤先生《ごとうせんせい》がうなずくと、

「ありがとうございます。どうぞ、手加減《てかげん》しないで下《くだ》さい」

井出川小《いでがわしょう》の先生《せんせい》と八人《にん》の選手《せんしゅ》は、深々《ふかぶか》と頭《あたま》を下《さ》げた。

プレイボール。

ハルタは、久《ひさ》しぶりにいつもの基本形《きほんけい》から始《はじ》めた。姿勢《しせい》を整《ととの》え、すーっと息《いき》を吸《す》いこんで、

「フレ――――」

どどん。

「フレ――――」

どどん。

「オオエノキ――――」

どどどん。

やっぱり、これこれ。なんだかうれしくなる。

ハルタのかけ声《ごえ》に合《あ》わせて、ノリタロウがホイッスルを吹《ふ》く。ミユミのばちさばきも、切《き》れがいい。気持《きも》ちいいくらい、三人《にん》の息《いき》がぴったり合《あ》っている。

試合《しあい》の方《ほう》は、一方的《いっぽうてき》だ。好調《こうちょう》な大江《おおえ》ノ木小《きしょう》は、打《う》ってよし、投《な》げてよし。それに対《たい》し、井《い》出川小《でがわしょう》の選手《せんしゅ》たちは、一生懸命《いっしょうけんめい》ボールにくらいつこうとするけれど、取《と》れない。そして打《う》てない。ぼろぼろだ。

ハルタは、大江《おおえ》ノ木小《きしょう》を応援《おうえん》しながら、つい、井出川小《いでがわしょう》の選手《せんしゅ》の方《ほう》に目《め》がいく。ヘタな上《うえ》に人数《にんずう》まで少《すく》ないのに、めげずに走《はし》り回《まわ》る姿《すがた》が、なんだか自分《じぶん》たちみたいで、妙《みょう》に親近感《しんきんかん》がわくのだ。

ああ、また三遊間《さんゆうかん》。ああ、今度《こんど》は二遊間《にゆうかん》。見《み》ていられない。

ハルタは思《おも》わず、

「後藤先生《ごとうせんせい》」

「うん？」

先生《せんせい》がふりむいた。

「あのう、ぼく、野球《やきゅう》うまくはないんだけど、それでもよければ、ショートやります」

よけいなお世話《せわ》とは思《おも》ったけれど、がまんできない。

「おー、部長《ぶちょう》、やってくれるか」

後藤先生《ごとうせんせい》は、うれしそうにほおをゆるめた。これでは試合《しあい》にならない、と思《おも》っていたのだろう。

ミユミがびっくりして、目《め》を見開《みひら》いた。

「えっ！　なんですか、部長《ぶちょう》、野球《やきゅう》やるんですか？」

ノリタロウもあきれて、

「こっち、どうすんの」

ハルタは学《がく》ランをぬぎながら、

「悪《わる》いけど、二人でやっといて」

反対側《はんたいがわ》の、井出川小《いでがわしょう》のベンチへかけていった。

思《おも》いがけない助《すけ》っ人《と》の登場《とうじょう》に、井出川小《いでがわしょう》の先生《せんせい》は喜《よろこ》んで、ミユミとノリタロウに向《む》かってぼうしをふった。

「すまないねえ、応援団長借《おうえんだんちょうか》りちゃって」

残《のこ》されたミユミとノリタロウは、ぽかんと突《つ》っ立《た》っていた。けれど、

「じゃあ自分《じぶん》、井出川小《いでがわしょう》の応援《おうえん》します」

ミユミは太鼓《たいこ》をかかえると、井出川小側《いでがわしょうがわ》にさっさと移動《いどう》し始《はじ》めた。おどろいたのはノリタロウだ。

「えっ、なんで⁉」

「部長《ぶちょう》が試合《しあい》に出《で》るんだから、当《あ》たり前《まえ》でしょ」

「そんなあ。じゃ、こっちは」

「あんたがやってよ」

シンキチは、松木小《まつきしょう》から帰《かえ》ると、今度《こんど》は大江《おおえ》ノ木小《きしょう》目指《めざ》して、自転車《じてんしゃ》をぶっとばした。

さっきのできごとを、すぐにでもハルタに伝《つた》えたかったのだ。

学校《がっこう》に着《つ》いたシンキチは、ふしぎな光景《こうけい》を見《み》た。大江《おおえ》ノ木《き》小《しょう》と井出川《いでがわ》小《しょう》の野球《やきゅう》の試合《しあい》。異様《いよう》に盛《も》り上《あ》がっている。井出川小《いでがわしょう》の攻撃《こうげき》。なぜか、ハルタがバッターボックスに立《た》っている。それを、ミユミが太鼓《たいこ》と大声《おおごえ》で応援《おうえん》している。

「いけいけ、部長《ぶちょう》！

いけいけ、部長《ぶちょう》！」

一方《いっぽう》、大江《おおえ》ノ木《き》小《しょう》の方《ほう》は、ノリタロウが声《こえ》はり上《あ》げて、合間《あいま》に笛《ふえ》を吹《ふ》き、ついでに旗《はた》までふっている。

「おさえろ、ピッチャー！」

「……どうなってんだ？」

シンキチはわけがわからず、二つのチームを見《み》くらべるばかりだった。

（三）

火曜日《かようび》の放課後《ほうかご》。

朝《あさ》から降《ふ》り続《つづ》く雨《あめ》の中《なか》を、ハルタ、ミユミ、ノリタロウは歩《ある》いていた。先週《せんしゅう》の土曜日《どようび》から、梅雨《つゆ》に入《はい》ったのだ。というわけで、サッカーの試合《しあい》を中止《ちゅうし》させたあの大雨《おおあめ》が、『最強書記《さいきょうしょき》コンビ』のしわざだったのか、単《たん》に梅雨入《つゆい》りと重《かさ》なっただけなのか、はっきりしなくなったけれど、ハルタもシンキチも、二人にはおおいに感謝《かんしゃ》して、あの後《あと》ジュースをごちそうした。

きょうは部活《ぶかつ》の日《ひ》だ。けれど、ミユミが、

「きのう、コトちんから電話《でんわ》があったんです。『いいものがあるから、みんなに来《き》てもらって、って、おばあちゃんが言《い》ってるの』だそうで」

と言《い》うので、コトリの家《いえ》へ向《む》かっているところだ。

ハルタは、『いいもの』という言葉《ことば》にうきうきしていた。

「何《なに》かなあ、いいものって。楽《たの》しみ！」

「さあ。食《た》べ物《もの》かなんかじゃないの」

ノリタロウがぼそりと言《い》うと、

「食《た》べ物《もの》、ここにもあります」

ミユミが、手《て》にさげている紙袋《かみぶくろ》を持《も》ち上《あ》げて見《み》せた。一度《いちど》家《いえ》に寄《よ》って、おみやげを持《も》ってきたのだ。袋《ふくろ》の表《おもて》には、〈小津洋菓子店《おづようがしてん》〉と印刷《いんさつ》されている。

「小津《おづ》さんとこ、お菓子屋《かしや》さんなんだ」

「はい。これ、うちからです」

中身《なかみ》はロールケーキ。いつもお世話《せわ》になっているから、みなさんに、と両親《りょうしん》に持《も》たされたものだ。

「『ミユミロール』っていうんです」

外側《そとがわ》の白《しろ》いスポンジ生地《きじ》は柔道着《じゅうどうぎ》を、中《なか》のココアクリームは黒帯《くろおび》をイメージしているという。

「私《わたし》が早《はや》く黒帯《くろおび》もらえるようにって、願《ねが》いをこめて考《かんが》えたらしいです」

ハルタはすっかり感心《かんしん》して、

「すごいなあ。小津《おづ》さんちは、小津《おづ》さんのこと、すっごく応援《おうえん》してるんだね」

「そうなんです」

「おにいさんも、なんかやってるって言《い》ってたよね」

「はい、剣道《けんどう》やってます」

「おにいさんの名前《なまえ》のお菓子《かし》もあるの？」

「『ソウイチタルト』っていうのを作《つく》ろうとしてたんですけど、兄《あに》がいやがるんで、やめました」

コトリは、三人《にん》の訪問《ほうもん》をとても喜《よろこ》んだ。コトリの移動式《いどうしき》ベッドには雨《あめ》よけがないので、空《そら》模様《もよう》があやしい時《とき》は、週《しゅう》二日の登校《とうこう》も休《やす》むことにしている。この数日《すうじつ》、空《そら》はぐずついていて、コトリは一歩《いっぽ》も外《そと》に出《で》ていなかった。

「ベッドにビニールシートかなんかをかぶせて、雨《あめ》よけにしたら？」

ハルタが提案《ていあん》すると、カチ、カチ。

「〈いやよ、かっこ悪《わる》い〉」

コトリはおしゃれで、ベッドにも花《はな》や鳥《とり》のシールをはって、きれいに飾《かざ》っている。雨《あめ》よけになるなら見《み》た目《め》はどうでもいい、というわけにはいかないらしい。

もし、雨《あめ》よけにかっこいいビニールシートがあったとしても、夏《なつ》は暑《あつ》いよね、などとみん

なで話《はな》していると、

「はい、お待《ま》たせ」

コトリのおばあさんが、ミユミロールを切《き》り分《わ》けて持《も》ってきてくれた。

「わーい、いただきまーす」

あまいもの好《ず》きのハルタは、真《ま》っ先《さき》に飛《と》びついた。ふんわりしたスポンジに、ココアクリームがたっぷり。

「うまーい！」

思《おも》わず喜《よろこ》びの声《こえ》を上《あ》げたハルタの横《よこ》で、ノリタロウは、だまってガツガツ食《た》べている。

コトリは、小《ちい》さく切《き》ったケーキを口《くち》に入《い》れて、カチ、カチ、カチ。

「〈ミユちん、こういうの、もっと早《はや》く持《も》ってきてよ〉」

「こらっ、厚《あつ》かましいこと言《い》わないの」

いっしょに食《た》べていたおばあさんが、あわててコトリをしかった。ミユミは、にこにこした。

食《た》べ終《お》えると、

「ちょっと待《ま》っててね」

おばあさんが、となりの部屋《へや》に入《はい》って、大《おお》きな包《つつ》みをかかえてきた。

「これ、応援着《おうえんぎ》にと思《おも》って作《つく》ってみたんだけど、どうかしら」

中身《なかみ》は、白《しろ》っぽい色《いろ》のはおりとはかま三人分《にんぶん》。

「あんな真《ま》っ黒《くろ》い服《ふく》で応援《おうえん》なんて、熱《ねつ》がこもって体《からだ》にいいことありませんよ。これなら、生地《きじ》はうすいし、そで口《ぐち》があいていて風通《かぜとお》しもいいから、ずっと楽《らく》よ」

思《おも》いもよらない『いいもの』に、ハルタたちはびっくりして顔《かお》を見合《みあ》わせた。まさか、応援部《おうえんぶ》のユニホームを作《つく》ってもらえるなんて。

「安《やす》い布地《ぬのじ》の残《のこ》りで作《つく》ったんだから、えんりょなんかしなくていいのよ。ほらほら、ちょっと着《き》てみてちょうだい」

たとえ安《やす》い布地《ぬのじ》でも、和裁《わさい》の先生《せんせい》をやっているおばあさんの仕立《した》ては美《うつく》しく、三人《にん》そろって着《き》てみると、まるで正月《しょうがつ》か七五三《しちごさん》の晴《は》れ着《ぎ》のようだ。

「着《き》た感《かん》じ、どう？」

「……すごいです。うわあ、すごいや」

ハルタは、大感激《だいかんげき》した。

「ありがとうございます。えーと、あのう……」

感謝《かんしゃ》の気持《きも》ちを、どう表《あらわ》せばいいんだろう？

「そうだ、お礼《れい》に、応援《おうえん》させてもらいます」

何《なに》しろ、自分《じぶん》には応援《おうえん》しかできることがない。でも、

「え、応援《おうえん》？　だれを？」

おばあさんの応援《おうえん》を、と思《おも》ったけれど、きょとんとされたので、

「えーと、じゃ、音羽《おとわ》さんを」

孫《まご》の方《ほう》を応援《おうえん》することにした。

ミユミとノリタロウは、楽器《がっき》がないのにどうしよう、という顔《かお》をしている。

「じゃ、手拍子《てびょうし》たのむよ」

とハルタが言《い》うと、二人ともほっとしたように立《た》ち上《あ》がった。

姿勢《しせい》を整《ととの》え、すーっと息《いき》を吸《す》いこんで、

「フレ――――

フレ――――

コ――ト――リ
フレ、フレ、コトリ
フレ、フレ、コトリ

ファイトー　オー！」

三人《にん》そろっておじぎをすると、

「ありがとう、上手《じょうず》ねえ」

おばあさんが拍手《はくしゅ》してくれた。

ところが、カチ、カチカチ、カチ。

「〈せっかくだけど、実《じつ》は私《わたし》、応援《おうえん》されるのあんまり好《す》きじゃないの〉」

「えーっ⁉　そんなあ」

コトリは応援部《おうえんぶ》のアドバイザーなのに！　ハルタは、がっくりきた。

ノリタロウが首《くび》をかしげて、

「好《す》きじゃないって言《い》っても、ふだん応援《おうえん》されることって、あんまりないんじゃない？」

とたずねると、カチ、カチ、カチ。

「〈通《とお》りすがりのおばさんに、『がんばってね』とか言《い》われる〉」

「へえー、そうなんだ」

ハルタは、通《とお》りすがりの人《ひと》を応援《おうえん》したことはない。

カチカチ、カチ。

「〈なにをがんばればいいのか、よくわからない〉」

「うーん。なにかなあ」

思《おも》わずみんなで考《かんが》えこんだ。

「そのおばさんは、『あなたってすごく大変《たいへん》そうだけど、がんばって強《つよ》く生《い》きていってね』みたいなことを言《い》いたかったんじゃないの？」

と、ノリタロウ。

「ああ、そうかも」

ハルタがうなずくと、カチ、カチ。

「〈私《わたし》やっぱり大変《たいへん》そうに見《み》える？〉」

「うーん」

三人《にん》は、首《くび》をかしげた。移動式《いどうしき》ベッドで道《みち》を歩《ある》く人《ひと》はあまりいないので、通《とお》りすがりの人《ひと》には、そう見《み》えるかもしれない。けれどハルタたちは、ふだんのコトリを知《し》っている。友《とも》だちがいて、言《い》いたいこと言《い》って、楽《たの》しくやっているように見《み》える。

カチカチ、カチカチカチカチ。

「〈ずっとこうだから、自分《じぶん》では、これがフツーなんだけど〉」

ハルタは、コトリが最初《さいしょ》に言《い》っていたことを思《おも》い出《だ》した。

「〈人《ひと》の応援《おうえん》なんておせっかいなこと、何《なに》がおもしろいの?〉」

そんなことを言《い》いながらも、コトリは応援部《おうえんぶ》を応援《おうえん》してくれていたのだ。

「応援《おうえん》されるのは好《す》きじゃないのに、ぼくたちを応援《おうえん》してくれるなんて、音羽《おとわ》さん、器《うつわ》がでかいね」

ちょっとからかうような口調《くちょう》でハルタが言《い》うと、コトリはニヤッと笑《わら》って、カチ、カチ。

「〈まあ、ヒマつぶし〉」

相変《あいか》わらず、口《くち》がへらない。

五　応援部《おうえんぶ》の応援団《おうえんだん》

（一）

金曜日《きんようび》の放課後《ほうかご》。

先生《せんせい》たちが、それぞれの教室《きょうしつ》から職員室《しょくいんしつ》にもどってきた。きょうは、臨時職員会議《りんじしょくいんかいぎ》。来月《らいげつ》の日曜参観《にちようさんかん》の日程変更《にっていへんこう》について、急《きゅう》に話《はな》し合《あ》うことになったのだ。

「あ、日程《にってい》ね。じゃ、私《わたくし》は何《なに》も異議《いぎ》ありませんから、お先《さき》に失礼《しつれい》しますよ」

そう言《い》って、木内良造先生《きうちりょうぞうせんせい》は、ほかの先生《せんせい》たちに頭《あたま》を下《さ》げながら、職員室《しょくいんしつ》を出《で》ていった。

胸《むね》ポケットに入《い》れたたばこの箱《はこ》をさぐりながら、ろうかの角《かど》を曲《ま》がったところで、

「おやっ、木内先生《きうちせんせい》。職員会議《しょくいんかいぎ》は？」

刈谷先生《かりやせんせい》に出《で》くわした。

「ああ、おまかせします。とっとと帰《かえ》らないと、うちで手《て》のかかるおふくろ殿《どの》がお待《ま》ちかねなんで」

笑《わら》いながら通《とお》りすぎようとすると、刈谷先生《かりやせんせい》が、

「あ、木内先生《きうちせんせい》、ちょっと」

「はあ、何《なに》か」

「木内先生《きうちせんせい》は、応援部《おうえんぶ》の副顧問《ふくこもん》でしたよね」

「まあ、役《やく》に立《た》たん顧問《こもん》ですが」

「この間《あいだ》、ここでサッカー部《ぶ》の練習試合《れんしゅうじあい》をやった時《とき》、応援部《おうえんぶ》が来《き》ていたんですが」

「ああ、じゃまはしませんでしたか。ハッハッハッ」

「先生《せんせい》はあの日《ひ》、部員《ぶいん》の引率《いんそつ》は、なさらなかったんですか」

「ええ。部長《ぶちょう》にまかせとりますから」

刈谷先生《かりやせんせい》の目《め》が、ぎらりとした。

「そうすると応援部《おうえんぶ》は、部員《ぶいん》だけで活動《かつどう》していたわけですね」

「あーん」

木内先生《きうちせんせい》は、刈谷先生《かりやせんせい》のするどいまなざしから目《め》をそらした。

「まあ、うちの校庭《こうてい》での応援《おうえん》ですし、刈谷先生《かりやせんせい》がいらっしゃれば安心《あんしん》ですよ」

笑《わら》いながら、刈谷先生《かりやせんせい》の腕《うで》をぽんぽんたたくと、

「それじゃ、お先《さき》に」

軽《かる》く手《て》を上《あ》げて、その場《ば》を後《あと》にした。

刈谷先生《かりやせんせい》は、しばらくその後《うし》ろ姿《すがた》を見《み》ていたけれど、校庭《こうてい》で準備運動《じゅんびうんどう》をしているサッカー部員《ぶいん》に気《き》がついて、

「こら、だらだらするな。会議《かいぎ》が終《お》わったらすぐ行《い》くから、ちゃんと走《はし》りこみしてろ」

ろうかの窓《まど》から顔《かお》を出《だ》してどなりつけると、急《いそ》いで職員室《しょくいんしつ》へもどっていった。


職員室《しょくいんしつ》では、教頭先生《きょうとうせんせい》がプリントを配《くば》っていた。

「校長先生《こうちょうせんせい》は出張中《しゅっちょうちゅう》ですが、この件《けん》は連絡《れんらく》ずみです」

来月予定《らいげつよてい》している日曜参観《にちようさんかん》と同《おな》じ日《ひ》、市《し》が主催《しゅさい》するイベントに小学生《しょうがくせい》もぜひ参加《さんか》してほしい、という話《はなし》がきたので、参観日《さんかんび》をずらすかどうか、という議題《ぎだい》だった。

話《はな》し合《あ》った結果《けっか》、市《し》のイベントは丸一日行《まるいちにちおこな》われるので、日曜参観《にちようさんかん》を少《すこ》し早《はや》めに切《き》り上《あ》げて、

午後《ごご》から参加《さんか》できるようにしよう、ということになった。

「では、保護者《ほごしゃ》への連絡《れんらく》は来週早々《らいしゅうそうそう》にということで、おつかれさまでした」

二十分《ぷん》ほどで会議《かいぎ》が終《お》わり、先生《せんせい》たちがプリントを片付《かたづ》け始《はじ》めると、

「すみません、ちょっといいですか」

刈谷先生《かりやせんせい》が、手《て》をあげた。

「はい、なんでしょう」

「実《じつ》は、応援部《おうえんぶ》のことなんですが」

教頭先生《きょうとうせんせい》が、首《くび》をかしげた。

「応援部《おうえんぶ》が、どうかしましたか」

「はい。応援部《おうえんぶ》は、顧問《こもん》の沼川先生《ぬまかわせんせい》がお休《やす》み中《ちゅう》ですから、活動《かつどう》を休止《きゅうし》すべきと思《おも》いますが」

思《おも》いがけない発言《はつげん》に、教頭先生《きょうとうせんせい》はけげんな顔《かお》をした。

「顧問《こもん》なら、木内先生《きうちせんせい》がいらっしゃいますよ」

すると刈谷先生《かりやせんせい》は、

「木内先生《きうちせんせい》は顧問《こもん》の仕事《しごと》をなさってません。さっきろうかで確認《かくにん》したら、『引率《いんそつ》してない』と」

教頭先生《きょうとうせんせい》は、まゆをひそめた。刈谷先生《かりやせんせい》はすかさず、

「実際《じっさい》、サッカー部《ぶ》の練習試合《れんしゅうじあい》の応援《おうえん》も引率《いんそつ》なしで、子《こ》どもたちだけでした。ほかの部《ぶ》の応《おう》援《えん》は？　やっぱり、そうじゃなかったんですか？」

刈谷先生《かりやせんせい》に強《つよ》い視線《しせん》を向《む》けられて、野球部顧問《やきゅうぶこもん》の後藤先生《ごとうせんせい》は、

「はあ、でもまあ、うちの校庭《こうてい》での試合《しあい》でしたし」

と言葉《ことば》をにごした。

バスケ部顧問《ぶこもん》の下津原先生《しもつはらせんせい》は、もぞもぞしながら、

「そうですねえ、あの時《とき》は、私《わたし》がいっしょにいましたけど……」

だんだん声《こえ》が小《ちい》さくなっていく。

刈谷先生《かりやせんせい》は、とがった口調《くちょう》で、

「つまり、顧問《こもん》が顧問《こもん》として機能《きのう》していないわけです。だから、あんな無礼《ぶれい》な応援《おうえん》なんかやるんです」

サッカー部《ぶ》の練習試合《れんしゅうじあい》で、選手《せんしゅ》を交替《こうたい》させた時《とき》の応援部《おうえんぶ》のかけ声《ごえ》は、自分《じぶん》に対《たい》する抗議《こうぎ》だ。保《ほ》護者《ごしゃ》や選手《せんしゅ》たちの前《まえ》ではじをかかされた、と刈谷先生《かりやせんせい》は思《おも》っていた。

「そうですか。わかりました」

教頭先生《きょうとうせんせい》はうなずいて、メガネをおし上《あ》げた。

ハルタは、鼻歌《はなうた》をうたいながらろうかを歩《ある》いていた。金曜日《きんようび》は、応援部《おうえんぶ》の練習日《れんしゅうび》だ。かけ声《ごえ》、動《うご》き、楽器《がっき》の練習《れんしゅう》。それから、コトリのおばあさんの意見《いけん》をとり入《い》れて、持《も》ち運《はこ》びに便利《べんり》な小《ちい》さい太鼓《たいこ》を使《つか》ってみるかどうかの話《はな》し合《あ》いをした。

「うん、すっごく部活《ぶかつ》らしくなってる」

ハルタは、ニヤニヤした。この次《つぎ》は、囲碁部《いごぶ》の応援《おうえん》の時《とき》に使《つか》った紙《かみ》ふぶきについて、もっと楽《らく》に後片付《あとかたづ》けできる方法《ほうほう》がないか、みんなで考《かんが》えてみよう。ミユミとノリタロウが帰《かえ》った後《あと》、忘《わす》れものがないことを確認《かくにん》して、一人くつ箱《ばこ》に向《む》かいながら、ハルタはうきうきしていた。

「三原《みはら》くん」

後《うし》ろから、声《こえ》をかけられた。ふりむくと、教頭先生《きょうとうせんせい》が立《た》っている。

「あっ、えっと……」

ハルタがにこにこしながら、この時間《じかん》「こんにちは」と言《い》うべきか、「さようなら」と言《い》うべきか迷《まよ》っていると、教頭先生《きょうとうせんせい》はいつものおだやかな口調《くちょう》で、

「応援部《おうえんぶ》、がんばってるみたいだね」

「はい」

みんなでがんばってます。ハルタは、胸《むね》をはった。すると教頭先生《きょうとうせんせい》は、そのままのおだやかな調子《ちょうし》で、

「でも、子《こ》どもだけで部活《ぶかつ》っていうのは、よくないね」

「えっ？」

ハルタがぽかんとしていると、

「さっき、こういう話《はなし》が出《で》てね」

教頭先生《きょうとうせんせい》は、臨時職員会議《りんじしょくいんかいぎ》での話《はなし》をした。応援部《おうえんぶ》の顧問《こもん》がちゃんと引率《いんそつ》をしていない、という指摘《してき》があったこと。だれの発言《はつげん》か、教頭先生《きょうとうせんせい》は言《い》わなかったけれど、ハルタには想《そう》像《ぞう》がついた。

「三原《みはら》くん、もう六年生《ねんせい》だからわかると思《おも》うけど、顧問《こもん》の先生《せんせい》がいない時《とき》、何《なに》かあったらまずいよね」

それは確《たし》かにそうだけれど、応援部《おうえんぶ》の活動《かつどう》は、どこかの部活《ぶかつ》の応援《おうえん》だから、応援《おうえん》に行《い》った先《さき》には必《かなら》ずその部《ぶ》の先生《せんせい》がいる（囲碁部《いごぶ》は別《べつ》にして）。だから、そのことはあまり大《おお》きな問《もん》題《だい》ではない、と思《おも》っていたのだ。ハルタはあわてた。

「教頭先生《きょうとうせんせい》、木内先生《きうちせんせい》にもう一回《かい》お願《ねが》いします。だから」

すると、

「ムリを言《い》っちゃだめだよ」

教頭先生《きょうとうせんせい》は、ため息《いき》をついた。

「木内先生《きうちせんせい》は、ご高齢《こうれい》のおかあさんの介護《かいご》で大変《たいへん》なんだから、そうそう部活《ぶかつ》を見《み》るヒマはないんだよ」

ハルタは返事《へんじ》ができなかった。いつもぎりぎりに学校《がっこう》に来《き》て、終《お》わればすぐ帰《かえ》る木内先《きうちせん》生《せい》。ただやる気《き》がないだけだと思《おも》っていたのに、そんな事情《じじょう》があったなんて……全然《ぜんぜん》知《し》らなかった。

「応援部《おうえんぶ》は、いったん休部《きゅうぶ》。三原《みはら》くん、もう帰《かえ》っていいよ」

教頭先生《きょうとうせんせい》はハルタの肩《かた》をたたいて、職員室《しょくいんしつ》にもどっていった。

残《のこ》されたハルタは、ぼんやり立《た》ちつくすしかなかった。


ひるね、しよっかな。

帰《かえ》り道《みち》、しょげきって歩《ある》きながら、まず、何《なに》をすればいいのか考《かんが》えて、思《おも》いつかなくて、頭《あたま》に浮《う》かんだのがひるねだった。

こんな時《とき》、ハルタはとりあえずねることにしていた。頭《あたま》の中《なか》がごちゃごちゃになったら、一度《いちど》忘《わす》れて、ねるに限《かぎ》る。目《め》が覚《さ》めたら、少《すこ》し落《お》ち着《つ》いて考《かんが》えられるようになっているものだ。

……でも、きょうはやっぱりねむれそうにない。応援部《おうえんぶ》は、いったん休部《きゅうぶ》。その次《つぎ》はきっと、いよいよ廃部《はいぶ》だ。こんな時《とき》、何《なに》も考《かんが》えずにねむれるわけがない。

「まいったなあ……」

どうすればいいんだろう？

その時《とき》、沼川《ぬまかわ》マリ先生《せんせい》の顔《かお》が頭《あたま》に浮《う》かんだ。

「そうだ！　先生《せんせい》がもどってくればいいんだ」

顧問《こもん》の沼川先生《ぬまかわせんせい》がもどってくれば、応援部《おうえんぶ》も復活《ふっかつ》できる。今《いま》、先生《せんせい》の具合《ぐあい》はどうなんだろう？　音楽《おんがく》の江見先生《えみせんせい》は、『沼川先生《ぬまかわせんせい》、入院《にゅういん》してないわよ』って言《い》ってたっけ。ひょっとしたら、もうよくなっているのかも。

この前《まえ》ユウトクは、突然沼川先生《とつぜんぬまかわせんせい》の家《いえ》をたずねて、会《あ》えずに帰《かえ》ってきた。都合《つごう》も聞《き》かずに行《い》くからいけないんだ。まず、電話《でんわ》してみよう。

ハルタは、走《はし》って家《いえ》に帰《かえ》った。かばんから応援部専用《おうえんぶせんよう》のメモ帳《ちょう》を引《ひ》っぱり出《だ》すと、急《いそ》いで電話《でんわ》に飛《と》びついた。ドキドキしながらかけたけれど、だれも出《で》ない。時間《じかん》が悪《わる》かったかな。

一時間《じかん》たって、またかけた。でも、やっぱりだれも出《で》なかった。

ハルタは不安《ふあん》になった。沼川先生《ぬまかわせんせい》、どうしてるんだろう？

……やっぱりあした、先生《せんせい》んちに行《い》ってみよう、と思《おも》った。


その日《ひ》の夜《よる》。

木内良造先生《きうちりょうぞうせんせい》が、食事《しょくじ》の後片付《あとかたづ》けをすませて、居間《いま》で一服《いっぷく》していると、電話《でんわ》が鳴《な》った。

「はい、木内《きうち》ですが」

「あっ、先生《せんせい》、大江ノ木小《おおえのきしょう》の江見《えみ》です。今《いま》、お時間《じかん》いいですか？」

「ああ、江見先生《えみせんせい》、だいじょうぶですよ。なんでしょう」

「実《じつ》は、きょうの職員会議《しょくいんかいぎ》で、応援部《おうえんぶ》についての話《はなし》が出《で》たんです」

江見先生《えみせんせい》は、会議《かいぎ》の様子《ようす》をくわしく話《はな》した。刈谷先生《かりやせんせい》が、野球部《やきゅうぶ》とバスケ部《ぶ》にも確認《かくにん》して、応援部《おうえんぶ》の顧問《こもん》はちゃんと引率《いんそつ》をしていない、そんな部活《ぶかつ》をこのまま続《つづ》けさせてはいけない、と言《い》い出《だ》したこと。教頭先生《きょうとうせんせい》も、その意見《いけん》に納得《なっとく》したこと。

「はあ、そうですか。ふーん、そうきたか」

「それで、木内先生《きうちせんせい》に早《はや》くお知《し》らせしておいた方《ほう》がいいかと思《おも》って」

「それはわざわざありがとうございます」

「いいえ、おいそがしいのにすみません」

「いいえいえ。江見先生《えみせんせい》、野球部《やきゅうぶ》とバスケ部《ぶ》の対戦相手《たいせんあいて》がどこの小学校《しょうがっこう》だったか、ごぞんじですか？」

「ええと……そうそう、バスケ部《ぶ》の相手《あいて》は高原小《たかはらしょう》でした。野球部《やきゅうぶ》は、わかりません。後藤《ごとう》先生《せんせい》にお聞《き》きしてみましょうか？」

「すみませんが、お願《ねが》いします。それと」

「はい」

「携帯電話《けいたいでんわ》の写真《しゃしん》のとり方《かた》、ごぞんじですか？」

「は？」

（二）

土曜日《どようび》の昼少《ひるすこ》し前《まえ》。

思《おも》いきって沼川先生《ぬまかわせんせい》のアパートまで来《き》たものの、ハルタは迷《まよ》っていた。家《いえ》までおしかけて、よかったのかな？　ためらいながら階段《かいだん》を上《のぼ》り、そっと二階《かい》の通路《つうろ》をのぞいてみる。確《たし》か、ドアを二つ通《とお》りすぎた先《さき》……。

あれ。部屋《へや》の前《まえ》で、郵便《ゆうびん》受けから手紙《てがみ》を取《と》り出《だ》している人《ひと》がいる。見覚《みおぼ》えのある後《うし》ろ姿《すがた》。まちがいなく、沼川《ぬまかわ》マリ先生《せんせい》だ。ハルタはびっくりして足《あし》を止《と》めた。

人《ひと》の気配《けはい》に気《き》づいたのか、先生《せんせい》がふりむいた。一瞬《いっしゅん》ぎくりとしたような表情《ひょうじょう》が、ハルタとわかったとたん、うれしそうにほころんだ。先生《せんせい》が笑《わら》ってくれたことで、ハルタもほっとして近《ちか》づいた。

「三原《みはら》くん！　久《ひさ》しぶり」

想像《そうぞう》していたのとちがって、先生《せんせい》は、あまり病人《びょうにん》らしくなかった。少《すこ》しやせていたけれど、声《こえ》の調子《ちょうし》は前《まえ》と変《か》わらないし、着《き》ているものもパジャマでなく、部屋着《へやぎ》のようなジャージ姿《すがた》だ。

「お見舞《みま》いに来《き》てくれたの？」

ハルタはうれしくて、三回《かい》うなずいた。

「はい」

先生《せんせい》はドアの奥《おく》をちらっと見《み》て、

「うちの中《なか》、散《ち》らかってるから、ここでごめんね。わざわざありがとう」

と、笑《わら》いながら言《い》った。

ハルタは、一番知《いちばんし》りたかったことを聞《き》いた。

「先生《せんせい》、具合《ぐあい》どうですか？」

「だいぶいいんだけど、もう少《すこ》しかかりそうなの。でも心配《しんぱい》しないでね、だいじょうぶだから」

もう少《すこ》しかかりそう……ハルタは、がっかりした。先生《せんせい》、早《はや》くもどってきて下《くだ》さい。応援《おうえん》部《ぶ》、ピンチなんです……と、のどまで出《で》かかった。

けれど、やめた。やっぱり先生《せんせい》は、元気《げんき》な時《とき》の先生《せんせい》とはちがう。にこにこしていても、顔《かお》色《いろ》があまりよくないし、とてもつかれているように見《み》える。

「三原《みはら》くん。応援部《おうえんぶ》、たのむね」

沼川先生《ぬまかわせんせい》が言《い》った。今《いま》のハルタには、かなり重《おも》い言葉《ことば》だったけれど、ハルタは、言《い》いたかったことをのみこんでうなずいた。

「はい」

「じゃあね」

先生《せんせい》が、笑《わら》いながら手《て》をふった。

ハルタは頭《あたま》を下《さ》げて、アパートを後《あと》にした。


沼川先生《ぬまかわせんせい》、どこが悪《わる》いんだろう。

月曜日《げつようび》の放課後《ほうかご》、ハルタは、沼川先生《ぬまかわせんせい》と仲《なか》のいい江見先生《えみせんせい》に聞《き》いてみることにした。

「ぼく、土曜日《どようび》に、沼川先生《ぬまかわせんせい》んちに行《い》ったんです」

えっ、と江見先生《えみせんせい》は声《こえ》を上《あ》げた。

「会《あ》ったの？」

「はい。だいぶいいけど、もう少《すこ》しかかるって。沼川先生《ぬまかわせんせい》、なんの病気《びょうき》なんですか？」

江見先生《えみせんせい》は、ちょっと迷《まよ》っていたけれど、これはだれにもないしょね、と言《い》って、

「心《こころ》のケガ、って言《い》ったらわかるかな」

「心《こころ》のケガ？」

想像《そうぞう》もしていなかった言葉《ことば》だ。

「沼川先生《ぬまかわせんせい》、おととし転勤《てんきん》してきて、まだここになれる前《まえ》に、たくさん仕事《しごと》を引《ひ》き受《う》けちゃって、それも大変《たいへん》だったみたいだけど」

江見先生《えみせんせい》はため息《いき》をついて、

「それとは別《べつ》に、いろんなことで板《いた》ばさみになっちゃって」

「板《いた》ばさみ？」

「うん。保護者《ほごしゃ》さんでも先生《せんせい》でも、いろんな考《かんが》えを持《も》っている人《ひと》がいるからね。沼川先生《ぬまかわせんせい》、両方《りょうほう》から強《つよ》く言《い》われているうちに、とうとうまいっちゃったのよ」

「……ストレスってことですか？」

「そうね。心《こころ》がケガすると、体《からだ》も動《うご》かなくなっちゃうのよ。お医者《いしゃ》さんに、しばらく仕事《しごと》を休《やす》んだ方《ほう》がいいって言《い》われたんで、お薬《くすり》飲《の》んで通院《つういん》しながら、治《なお》そうと努力《どりょく》しているところなの」

びっくりした。沼川先生《ぬまかわせんせい》、だいじょうぶって言《い》ってたけど、ほんとにだいじょうぶなのかな？

「先生《せんせい》、がんばって早《はや》く治《なお》してくれたらいいのに」

ぽつりとつぶやいたハルタの言葉《ことば》に、江見先生《えみせんせい》は、うーん、と首《くび》をかたむけた。

「沼川先生《ぬまかわせんせい》は、いろんなことをがんばりすぎて、くたくたになっちゃったんだ。だから私《わたし》、今《いま》はがんばらなくていいから、ゆっくり休《やす》んでほしいって思《おも》ってるの。私《わたし》が言《い》いたいこと、わかる？」

むずかしい……でも、くたくたの先生《せんせい》に、早《はや》くもどってきて下《くだ》さい、と言《い》うのは、自分《じぶん》のことしか考《かんが》えていないみたいだ。

……まさか、部活《ぶかつ》もストレスになっていたのかな？　ハルタは、急《きゅう》に心配《しんぱい》になった。

「あのう、先生《せんせい》のストレスって、応援部《おうえんぶ》と関係《かんけい》あるんですか？」

ハルタの言葉《ことば》に、江見先生《えみせんせい》は目《め》を丸《まる》くした。

「何《なに》言《い》ってんの。ないわよ、ないない。むしろ応援部《おうえんぶ》は、沼川先生《ぬまかわせんせい》の心《こころ》のオアシスだったと思《おも》うよ」

「そうかなあ」

「そうよ」

「ぼく、何《なに》か沼川先生《ぬまかわせんせい》の応援《おうえん》ができたらいいのに」

「ありがとう。応援《おうえん》のしかたって、いろいろあると思《おも》うよ。がんばれ、のほかにもね」

うつむいたハルタの顔《かお》を、江見先生《えみせんせい》がのぞきこんだ。

「応援部《おうえんぶ》も、今《いま》、きついんだよね。木内先生《きうちせんせい》に相談《そうだん》してごらんよ。きょうはお休《やす》みだけど、あしたは出《で》ていらっしゃるから」

木内先生《きうちせんせい》に相談《そうだん》なんかできない。教頭先生《きょうとうせんせい》から呼《よ》び出《だ》されて廃部《はいぶ》になりかけた時《とき》、『先生《せんせい》は何《なに》もしなくていいから』とたのみこんで、副顧問《ふくこもん》を続《つづ》けてもらったんだから。しかもあの時《とき》は、木内先生《きうちせんせい》の家《いえ》の事情《じじょう》なんて、全然知《ぜんぜんし》らなかった。

ため息《いき》をついたハルタの肩《かた》に、江見先生《えみせんせい》はそっと手《て》を置《お》いてくれた。

ハルタは、音楽準備室《おんがくじゅんびしつ》に行《い》って、応援部《おうえんぶ》のものが入《はい》っている箱《はこ》を引《ひ》っぱり出《だ》した。開《あ》けて、中《なか》に入《はい》っているものを全部出《ぜんぶだ》した。

この二か月《げつ》、自分《じぶん》は何《なに》をしていたんだろう？

……なきたい。

もう、終《お》わりじゃん。これまでのじたばたは、なんの意味《いみ》もなかった。

沼川先生《ぬまかわせんせい》は、言《い》っていた。勝負《しょうぶ》には、必《かなら》ず勝《か》ちと負《ま》けがある。勝《か》てばうれしいし、負《ま》ければくやしいけれど、勝《か》つのも負《ま》けるのも、同《おな》じぐらい大事《だいじ》なこと。どちらにも大《おお》きな意味《いみ》がある。ムダなことなんて、何《なに》もない……

って、ムダじゃん。もう終《お》わってしまうんだから。

これ、もういらないじゃん。はおり、はかま、はちまき、手袋《てぶくろ》、旗《はた》、学《がく》ラン。

ムダになったけど、このはおりとはかま、コトリのおばあさんがわざわざ作《つく》ってくれた。ムダになったけど、シンキチがかけつけてくれた。ムダになったけど、ミユミとノリタロウが、いっしょに走《はし》り回《まわ》ってくれた。ムダになったけど、コトリがたくさんアイデアを出《だ》してくれた。ムダになったけど、アネがコトリを紹介《しょうかい》してくれた――ムダなわけないじゃん。

ハルタは、また、なきたくなった。

応援部《おうえんぶ》で、だれかを応援《おうえん》していたけれど、一方《いっぽう》で、いつもだれかに応援《おうえん》してもらっていた。

ハルタのじたばたに、何人《なんにん》も付《つ》き合《あ》ってくれた。

……どれも、全然《ぜんぜん》ムダじゃない。

校庭《こうてい》から、カキーンとボールを打《う》つ音《おと》が聞《き》こえてきて、我《われ》に返《かえ》った。きょうは、野球部《やきゅうぶ》の練習日《れんしゅうび》だ。外《そと》を見《み》ると、ボールを打《う》ったバッターが二塁《るい》にすべりこむのが見《み》えた。セーフ。ハルタは、引《ひ》っぱり出《だ》した応援部《おうえんぶ》の箱《はこ》に広《ひろ》げたものを全部《ぜんぶ》入《い》れ直《なお》し、音楽準備室《おんがくじゅんびしつ》のたなにもどして、ろうかに出《で》た。

五年《ねん》の教室《きょうしつ》の前《まえ》を通《とお》りかかると、中《なか》にノリタロウと築山《つきやま》くんがいた。机《つくえ》の上《うえ》に紙《かみ》を広《ひろ》げて、何《なに》か話《はな》し合《あ》っている。

顔《かお》を上《あ》げたノリタロウが、ハルタに気《き》がついた。築山《つきやま》くんも、こっちを見《み》てにこにこしている。サッカー部《ぶ》の練習試合《れんしゅうじあい》のことを思《おも》い出《だ》したのだろう。

「よっ」

ハルタが、手《て》をあげながら教室《きょうしつ》に入《はい》ると、

「どうかしたの？」

いつものハルタと様子《ようす》がちがうことに気《き》づいたのか、ノリタロウが首《くび》をかしげた。

「いや、別《べつ》に」

ハルタは、急《いそ》いでフツーの顔《かお》をした。

「何《なに》やってんの？」

机《つくえ》の上《うえ》の紙《かみ》には、いろいろな絵《え》がかいてあった。どれも車《くるま》のようだけれど、ふしぎな形《かたち》をしている。

ノリタロウが、絵《え》を指《ゆび》さしながら、

「音羽《おとわ》さんのベッドに屋根《やね》をつけられないか、考《かんが》えてるんだ」

コトリの移動式《いどうしき》ベッドのことだ。

「雨《あめ》の日《ひ》でも、外《そと》に出《で》られるようにと思《おも》って」

「へえー」

おどろいた。そんなことを思《おも》いつくなんて。

「築山《つきやま》くん、家《いえ》の設計図《せっけいず》とかかくの好《す》きなんだ。ぼくは、車《くるま》のデザインに、はまってるとこだし」

「すごいなあ」

と言《い》いながら、ハルタは、ノリタロウの部屋《へや》にずらりと並《なら》べられていたミニカーを思《おも》い出《だ》した。ノリタロウのおとうさんが仕事《しごと》から帰《かえ》るたびに買《か》ってくるおみやげで、

「こんなの、別《べつ》に興味《きょうみ》ないのに」

あの時《とき》、ノリタロウはふてくされていたけれど、いろいろな形《かたち》のミニカーをながめている

うちに、興味《きょうみ》がわいてきたのかもしれない。

紙《かみ》にかいてある移動式《いどうしき》ベッドは、ベビーカータイプあり、カプセル型《がた》あり、屋台《やたい》のような
ものまである。ノリタロウは頭《あたま》をふって、

「でもあの子《こ》、『いやだ、こんなの』とか言《い》いそうだよね」

ハルタは、思《おも》わずふきだした。

「確《たし》かに」

おしゃれなコトリに気《き》に入《い》ってもらうのは、なかなかむずかしそうだ。

「やっぱり、見《み》た目《め》だよね。かっこよけりゃいいんだよ」

と、ノリタロウ。すると、築山《つきやま》くんが、

「でも、おばあさんがベッドをおすんだから、軽《かる》くないとダメだよ」

「ああ、それもあるよね。うーん」

二人で頭《あたま》を寄《よ》せて、考《かんが》えこんでいる。

「すごいなあ」

ハルタは、すっかり感心《かんしん》した。

「すごくないよ、別《べつ》に」

「いや、すごいよ。音羽《おとわ》さん、応援《おうえん》されるの好《す》きじゃないって言《い》ってたけど、これは気《き》に入《い》るかもね」

築山《つきやま》くんがにこにこした。

「へへへ、ぼく、応援部《おうえんぶ》じゃないけどね」

そうだけど、応援部《おうえんぶ》じゃなくても、応援《おうえん》はできるのだ。

……そうだよ。応援《おうえん》は、応援部《おうえんぶ》じゃなくても、できる。

ハルタは、肩《かた》の力《ちから》がすーっとぬけたような気《き》がした。

次《つぎ》の部活《ぶかつ》の日《ひ》。

ハルタは、ミユミとノリタロウに、休部《きゅうぶ》の話《はなし》をした。

「……せっかくがんばってきたのに、ごめん」

二人は、しゅんとしている。しゅんとしながら、意外《いがい》に元気《げんき》そうなハルタの顔《かお》を、いぶかしげに見《み》ている。

「で、どうするの？」

ノリタロウの質問《しつもん》に、ハルタはうなずいて、

「うん。休部《きゅうぶ》ってことは、部活《ぶかつ》できないってことなんだ。でも考《かんが》えたら、応援部《おうえんぶ》の始《はじ》まりは部活《ぶかつ》じゃなかったんだし、だれかを応援《おうえん》するのは勝手《かって》だし、まあ、いっかなって」

大《おお》きく口《くち》を開《あ》けて、ガハハと笑《わら》った。

「開《ひら》き直《なお》ってるよ」

あきれるノリタロウ。ミユミの方《ほう》は心配《しんぱい》そうに、

「部活《ぶかつ》じゃなくなると、どうなるんですか？」

「うん。どこがちがうかっていうと……」

まず、顧問《こもん》の先生《せんせい》がいないので、指導《しどう》を受《う》けられない。それから、部費《ぶひ》がなくなるので、新《あたら》しいものは買《か》えないし、遠《とお》くにも行《い》けない。部室《ぶしつ》もなくなるので、練習《れんしゅう》する場所《ばしょ》も、道具《どうぐ》を置《お》いておく場所《ばしょ》もないし、楽器《がっき》も借《か》りられなくなってしまう。

「部《ぶ》じゃなくなるって、大変《たいへん》なんですね」

ミユミはため息《いき》をついた。けれど、

「うん。でも、なんとかなることは、なんとかするよ」

というハルタの言葉《ことば》に気《き》を取《と》り直《なお》して、深《ふか》くうなずいた。

「自分《じぶん》は、部長《ぶちょう》についていきます」

「ありがとう。応援部《おうえんぶ》がなくなったら、部長《ぶちょう》じゃなくなるけどね」

「いえ、部長《ぶちょう》は部長《ぶちょう》です」

その会話《かいわ》に、ノリタロウはやれやれというように頭《あたま》をふって、

「熱《あつ》いなあ」

「ノリタロウは、どうする？」

ハルタとミユミに視線《しせん》を向《む》けられ、ノリタロウは、居心地悪《いごこちわる》そうに横《よこ》を向《む》いた。

「ぼくは……部活《ぶかつ》でも部活《ぶかつ》じゃなくても、練習日《れんしゅうび》がサッカー部《ぶ》と重《かさ》なってれば、別《べつ》にいいよ」

それが、ノリタロウの入部《にゅうぶ》の理由《りゆう》だったから。

「重《かさ》ねる重《かさ》ねる」

ハルタがうなずいたところに、

「よーっ、応援部《おうえんぶ》、やってるー？」

いせいのいい声《こえ》が聞《き》こえてきた。シンキチだ。

「うん、まあ」

シンキチは音楽室《おんがくしつ》に入《はい》ると、てれくさそうに、いすにつかまってピョンピョンはねた。そ

れから、

「オレ、入《はい》ろっかな、応援部《おうえんぶ》」

「えーっ⁉」

三人《にん》は、とび上《あ》がった。

「ほんとに？」

ハルタがたずねると、シンキチは顔《かお》をくしゃくしゃにしながら、

「うん。なんか、この前応援《まえおうえん》した時《とき》、超気持《ちょうきも》ちよかったんだよね。オレ、合《あ》ってるかも」

ノリノリのシンキチに、ハルタはかなしい事実《じじつ》を告《つ》げた。

「うれしいけど、応援部《おうえんぶ》、休部《きゅうぶ》になったんだ」

「えーっ⁉」

今度《こんど》は、シンキチがとび上《あ》がる番《ばん》だ。ハルタは急《いそ》いで、

「でも、応援《おうえん》は続《つづ》けるつもりだから、いっしょにやろうよ」

「え、続《つづ》けるの？　なんだ、早《はや》く言《い》えよ」

おどかすなよ、と、シンキチは、あせをぬぐうふりをした。

ここにきて、仲間《なかま》が増《ふ》えるとは思《おも》わなかった。ハルタはうれしくなって、

「そうだ！　写真《しゃしん》とろう。沼川先生《ぬまかわせんせい》に、『応援部《おうえんぶ》は元気《げんき》にやってます』って報告《ほうこく》しよう」

「元気《げんき》かなあ、休部《きゅうぶ》なのに」

ノリタロウが、まぜっかえした。

「あんた、いちいちうるさいよ」

すぐに、ミユミがかみついた。


ハルタ、ミユミ、ノリタロウ、そしてシンキチは、江見先生《えみせんせい》にたのんで、デジタルカメラで写真《しゃしん》をとってもらった。写真《しゃしん》の裏《うら》には、こう書《か》いた。

『部員《ぶいん》がふえました』

沼川先生《ぬまかわせんせい》あての封筒《ふうとう》を作《つく》っていたら、

「おい、オレも写真《しゃしん》に入《い》れろ」

わって入《はい》ったのは、またまたユウトクだ。

「ダメだ。おまえ、部員《ぶいん》じゃないだろ」

「かたいこと言《い》うな。オレは、ヌマピョンファンクラブ代表《だいひょう》だ」

そして、自分《じぶん》が写《うつ》っているプリクラの写真《しゃしん》を突《つ》き出《だ》した。

「しょうがないなあ」

写真《しゃしん》の右上《みぎうえ》に、ちょこんとはってやった。

（三）

職員室《しょくいんしつ》。

「木内先生《きうちせんせい》。今《いま》、お時間《じかん》よろしいでしょうか」

教頭先生《きょうとうせんせい》から声《こえ》をかけられて、木内先生《きうちせんせい》は、ちょっとけむたそうな顔《かお》をした。また、たばこを吸《す》いに、こっそりたたみの部屋《へや》へ行《い》くつもりだったのだ。

「なんでしょう」

「応援部《おうえんぶ》のことです」

「はあ、応援部《おうえんぶ》が、何《なに》か？」

「実《じつ》は、この間《あいだ》の臨時職員会議《りんじしょくいんかいぎ》で」

教頭先生《きょうとうせんせい》は、応援部《おうえんぶ》が子《こ》どもたちだけで活動《かつどう》しているという発言《はつげん》があったことを話《はな》した。

「木内先生《きうちせんせい》は、部活《ぶかつ》の引率《いんそつ》をなさってないと」

少《すこ》しはなれた席《せき》で、刈谷先生《かりやせんせい》がこっちを見《み》ている。

「インソツ？」

木内先生《きうちせんせい》は、なんのことやら、という顔《かお》をした。それから、急《きゅう》に笑《わら》い出《だ》した。

「ああ、『引率《いんそつ》』ね。はいはい、なんだ、引率《いんそつ》か。私《わたくし》はてっきり『印刷《いんさつ》』かと思《おも》ってましたよ」

今度《こんど》は教頭先生《きょうとうせんせい》が、なんのことやら、という顔《かお》をした。

「インサツ？」

木内先生《きうちせんせい》は、刈谷先生《かりやせんせい》の方《ほう》に半分顔《はんぶんかお》を向《む》けながら、

「この間《あいだ》、『応援部《おうえんぶ》の印刷《いんさつ》はしているのか』と聞《き》かれたから、私《わたくし》はまた、部《ぶ》の活動報告《かつどうほうこく》か何《なに》かを印刷《いんさつ》して保護者《ほごしゃ》に配《くば》っているのか、という意味《いみ》だと思《おも》いまして、いいえ、と答《こた》えましたが、なあんだ、引率《いんそつ》か」

「木内先生《きうちせんせい》、何《なに》をおっしゃってるんですか」

刈谷先生《かりやせんせい》が立《た》ち上《あ》がって、こっちに来《き》た。

木内先生《きうちせんせい》は、教頭先生《きょうとうせんせい》の方《ほう》に向《む》き直《なお》ると、

「私《わたくし》、引率《いんそつ》ならやっております。と言《い》いたいところですが、何《なに》しろ今《いま》まで、休《やす》みの日《ひ》はいつもねぼうしとりましたもので、試合《しあい》の応援《おうえん》の時《とき》も、なんとか間《ま》に合《あ》うようにと思《おも》うんですが、

行《い》ってみるともう試合《しあい》は終《お》わっていた、ということばっかりで」

そして、胸《むね》ポケットをごそごそさぐると、中《なか》から何《なに》か引《ひ》っぱり出《だ》した。たばこではなく、携帯電話《けいたいでんわ》だ。

「見《み》て下《くだ》さい」

木内先生《きうちせんせい》は、携帯電話《けいたいでんわ》の画面《がめん》に写真《しゃしん》を映《うつ》し出《だ》した。

「これ、後《あと》で応援部長《おうえんぶちょう》に『先生《せんせい》、また来《こ》なかった』と責《せ》められた時《とき》、いや、おくれたけどちゃんと行《い》ったぞ、ということを証明《しょうめい》するためにとった証拠写真《しょうこしゃしん》です」

教頭先生《きょうとうせんせい》と刈谷先生《かりやせんせい》は、頭《あたま》をくっつけて画面《がめん》をのぞきこんだ。

それは、木内先生《きうちせんせい》が腕《うで》をせいいっぱいのばして、自分《じぶん》で自分《じぶん》の姿《すがた》を写《うつ》したものだった。三枚《まい》ある。背景《はいけい》は、どれも小学校《しょうがっこう》の校門《こうもん》。バスケ部《ぶ》が練習試合《れんしゅうじあい》をした高原小学校《たかはらしょうがっこう》、サッカー部《ぶ》の試合会場《しあいかいじょう》だった大江《おおえ》ノ木小《きしょう》、そして、野球部《やきゅうぶ》の対戦相手《たいせんあいて》の井出川小学校《いでがわしょうがっこう》。全部《ぜんぶ》ピントがずれているけれど、それぞれ学校《がっこう》の名前《なまえ》がちゃんとわかるように写《うつ》してあった。

木内先生《きうちせんせい》は、頭《あたま》をぼりぼりかきながら、

「私《わたくし》がうっかりしていたばっかりに、ご心配《しんぱい》をおかけして申《もう》しわけない。以後気《いごき》をつけますんで、今回《こんかい》はどうか大目《おおめ》に見《み》て下《くだ》さい」

教頭先生《きょうとうせんせい》も刈谷先生《かりやせんせい》も、口《くち》をあんぐり開《あ》けている。あまりにあからさまなアリバイ工作《こうさく》にあきれかえって、言葉《ことば》も出《で》ない。

五秒《びょう》ほど間《あいだ》が空《あ》いて、やっと教頭先生《きょうとうせんせい》が、

「木内先生《きうちせんせい》」

「はい」

「おかあさまの介護《かいご》の方《ほう》は、だいじょうぶですか」

「はい、まあ、なんとかぼちぼち」

「そうですか」

教頭先生《きょうとうせんせい》は、やれやれ、というようにため息《いき》をついた。

「わかりました。以後《いご》、気《き》をつけて下《くだ》さい」

「ありがとうございます」

木内先生《きうちせんせい》は、うれしそうに頭《あたま》を下《さ》げた。

刈谷先生《かりやせんせい》は、荒々《あらあら》しく床《ゆか》をけって職員室《しょくいんしつ》を出《で》ていった。

それを見届《みとど》けて、教頭先生《きょうとうせんせい》が、

「木内先生《きうちせんせい》」

「はい？」

「井出川小学校《いでがわしょうがっこう》まで、わざわざいらしたんですか？」

「はい、もちろん。野球部《やきゅうぶ》の試合会場《しあいかいじょう》ですから」

木内先生《きうちせんせい》が力強《ちからづよ》くうなずくと、教頭先生《きょうとうせんせい》は声《こえ》を小《ちい》さくして、

「野球部《やきゅうぶ》の練習試合《れんしゅうじあい》、確《たし》かに対戦相手《たいせんあいて》は井出川小《いでがわしょう》でしたが、試合会場《しあいかいじょう》はうちの校庭《こうてい》でしたよ」

「ええっ」

木内先生《きうちせんせい》はあわてて、

「あれっ、そうでしたか。いやあ、かんちがいしとった。しまったなあ、ハッハッハッ」

笑《わら》いながら、額《ひたい》のあせをぬぐった。


山野《やまの》トキツグは、大江《おおえ》ノ木《き》小《しょう》の囲碁部《いごぶ》だ。日曜日《にちようび》の朝《あさ》、小学生囲碁大会《しょうがくせいいごたいかい》に出場《しゅつじょう》するため、会場《かいじょう》の市民《しみん》センターへ向《む》かっていた。一校《こう》につき一名《めい》の参加《さんか》と決《き》まっていて、トキツグは、大江《おおえ》ノ木《き》小《しょう》の代表《だいひょう》だ。

この前《まえ》の級《きゅう》取《と》りは、うまくいった。試合《しあい》の前《まえ》に、ハプニングがあったけれど。突然《とつぜん》現《あらわ》れ

た応援部《おうえんぶ》。なんだかよくわからないまま応援《おうえん》を受《う》けて、めんくらったまま会場《かいじょう》に入《はい》った。でも、試合《しあい》ではいつも緊張《きんちょう》するのに、ふしぎと冷静《れいせい》になれたのは、あのハプニングのおかげだったかもしれない。今回《こんかい》、応援部《おうえんぶ》はいなくても、あの時《とき》みたいに落《お》ち着《つ》いていこう。

砂利《じゃり》の坂道《さかみち》を上《のぼ》っていくと、見《み》たことのある光景《こうけい》が目《め》に入《はい》ってきた。市民《しみん》センターの広《ひろ》い庭《にわ》に近《ちか》づくにつれて、はちまきをまいた黒《くろ》い頭《あたま》が四つ。

「……あれ？　一人増《ふ》えてる」

おまけにみんな、はおりはかまで決《き》めている。真《ま》ん中《なか》にいるのは、おなじみ応援部長《おうえんぶちょう》の三原《みはら》ハルタだ。

「トッキー！」

ハルタを先頭《せんとう》に、全員《ぜんいん》こっちに向《む》かって走《はし》ってきた。ぽかんと突《つ》っ立《た》っているトキツグを取《と》り囲《かこ》むと、

「がんばれ、トッキー。じゃ、応援《おうえん》・ちっちゃいバージョン。そーれっ」

四人《にん》は、小《ちい》さな声《こえ》と、小《ちい》さなおもちゃ太鼓《だいこ》と、小《ちい》さな笛《ふえ》の音《おと》で、応援《おうえん》を始《はじ》めた。

「フレー

フレー

「ト・キ・ツ・グ」

と、と、ととと。ピ、ピ、ピピピ。

この前《まえ》、市民《しみん》センターの守衛《しゅえい》さんに『ここでさわいじゃだめだよ』と言《い》われたので、小《ちい》さな、でも気合《きあ》いの入《はい》ったかけ声《ごえ》で、

「ファイトー、オー！」

ハルタが、両手《りょうて》をさっと前《まえ》に出《だ》した。また紙《かみ》ふぶきだ、とトキツグが思《おも》った時《とき》、白《しろ》くて細長《ほそなが》い何本《なんぼん》ものひもが、パーッと広《ひろ》がった。ひものはしっこはハルタの手元《てもと》につながっていて、ハルタがくるくる巻《ま》き上《あ》げると、きれいに両手《りょうて》にもどってきた。これなら、紙《かみ》ふぶきのように散《ち》らばって守衛《しゅえい》さんにしかられることはない。考《かんが》えたな、とトキツグは思《おも》った。

「じゃ、トッキー、がんばって！」

ハルタが、力強《ちからづよ》くこぶしをにぎりしめた。

「うん。ありがとう」

トキツグはしっかりうなずくと、会場《かいじょう》へ向《む》かっていった。

トキツグを見送《みおく》った応援部《おうえんぶ》は、荷物《にもつ》をかかえて、市民《しみん》センターの坂《さか》を下《くだ》り始《はじ》めた。

ミユミがふり返《かえ》って、

「部長《ぶちょう》。この後《あと》、木内先生《きうちせんせい》の家《いえ》に行《い》くんですよね」

ハルタを見《み》ると、ひもがゆるんでずり落《お》ちそうなはかまを引《ひ》っぱり上《あ》げている。

「うん。わりと近《ちか》くだって」

「この格好《かっこう》で行《い》くの？　早《はや》く着替《きが》えたいんだけど」

目立《めだ》つのがきらいなノリタロウは、道行《みちゆ》く人《ひと》の視線《しせん》を集《あつ》めるはかま姿《すがた》がはずかしいようだ。

「せっかくだから、このまま行《い》こうよ。見《み》てもらいたいし」

「あれっ、木内先生《きうちせんせい》んとこ、何《なに》しに行《い》くんだっけ」

シンキチは、児童会《じどうかい》の方《ほう》でいそがしかったので、くわしい話《はなし》を聞《き》いていなかった。

「応援《おうえん》だよ」

ハルタはにっこりした。


先週《せんしゅう》のこと。

応援部《おうえんぶ》を再開《さいかい》していい、と教頭先生《きょうとうせんせい》に言《い》われた時《とき》、ハルタは、すぐには意味《いみ》がわからなかった。

「三原《みはら》くん、木内先生《きうちせんせい》に言《い》っといてくれるかな。『今回《こんかい》は大目《おおめ》に見《み》ますけど、あの手《て》はもう使《つか》えませんよ』って」

教頭先生《きょうとうせんせい》は、苦笑《にがわら》いしながらハルタに言《い》った。

なんのことかわからなかったけれど、どうやら、木内先生《きうちせんせい》ががんばってくれたらしい。ハルタは、先生《せんせい》をさがしに行《い》こうと職員室《しょくいんしつ》を飛《と》び出《だ》した。

せまいたたみの部屋《へや》へ走《はし》っていったけれど、中《なか》からたばこのにおいが全然《ぜんぜん》しない。いないのかな、と思《おも》いながらドアを開《あ》けると、中《なか》には木内先生《きうちせんせい》がねころんでいて、禁煙用《きんえんよう》のたばこみたいな形《かたち》のあめを、まずそうにくわえていた。

「先生《せんせい》！　ありがとう」

ハルタがかけ寄《よ》ると、木内先生《きうちせんせい》はめんどくさそうに手《て》をふった。

「礼《れい》なんかいらん。おれは、なんもしとらん」

「先生《せんせい》、教頭先生《きょうとうせんせい》が、『あの手《て》はもう使《つか》えませんよ』って」

「はあん。だろうな、ははは」

「先生《せんせい》、何《なに》したの？」

知《し》りたがるハルタに、先生《せんせい》は背中《せなか》を向《む》けた。

「なんもしとらん、なんも」

まだ、言《い》いはっている。その背中《せなか》に、

「先生《せんせい》、お礼《れい》に肩《かた》もんであげようか」

「いらんいらん」

「自転車《じてんしゃ》の空気《くうき》、タダで入《い》れてあげようか」

ハルタの家《いえ》は、自転車店《じてんしゃてん》だ。

「自転車《じてんしゃ》には、乗《の》らん」

木内先生《きうちせんせい》は、けむたそうに手《て》をふった。けれど、何《なに》か思《おも》いついたのか、じゃあ、と言《い》いながら体《からだ》を起《お》こして、

「ヒマな時《とき》、応援《おうえん》してもらおうかな」

急《きゅう》に、にこにこしだした。


「木内先生《きうちせんせい》の応援《おうえん》?」

シンキチが首《くび》をかしげた。

「うん。先生《せんせい》のおかあさん、年《とし》を取《と》って病気《びょうき》になってから、いろんなことがわからなくな

ってるんだって。でも、おかあさんもむかしは学校《がっこう》の先生《せんせい》で、子《こ》どもが大好《だいす》きだったから、ぼくたちが会《あ》いにいくと、いい刺激《しげき》になるんじゃないかって」

ハルタの話《はなし》を聞《き》いて、

「そういうことか。じゃ、すぐ行《い》こう」

せっかちなシンキチは、小走《こばし》りで坂《さか》を下《くだ》り始《はじ》めた。

「部長《ぶちょう》、坂《さか》おりて右《みぎ》ですか、左《ひだり》ですか」

シンキチに負《ま》けまいと、ミユミも走《はし》り出《だ》した。

「えーっと、まっすぐ」

ハルタは返事《へんじ》をしながら、ゆるゆるのはかまのひもをあわててしめ直《なお》した。

「ぼく、別《べつ》にヒマじゃないんだけど」

ノリタロウだけは、ぶつぶつ言《い》いながらも、みんなと速度《そくど》を合《あ》わせている。

大江《おおえ》ノ木《き》小応援部《しょうおうえんぶ》は、次《つぎ》の場所《ばしょ》へ向《む》かった。

著者

田中　直子（たなか・なおこ）

熊本県熊本市生まれ。活水女子短大（現・活水女子大）日本文学科卒業。1990年〜93年、熊本日日新聞に童話を掲載。愛蔵版県別ふるさと童話館43『熊本の童話』（日本児童文学者協会編、リブリオ出版、2000年）に「ヒメの野望」が収録。

表紙・さし絵

下平けーすけ（しもひら・けーすけ）

茨城県土浦市生まれ。イラストレーター。『とくべつなお気に入り』（岩崎書店、2011年）、『オトタケ先生の３つの授業』（講談社、2011年）などで表紙・さし絵をかいている。東京都在住。

いつでもだれかの味方です～大江ノ木小応援部

2011年 11月30日　初版第1刷発行
2015年 4月15日　　　第2刷発行

著　者　田中 直子
発行者　植田 幸司
発行所　朝日学生新聞社
〒104-8433　東京都中央区築地5-3-2　朝日新聞社新館9階
電話　03-3545-5227（販売部）
03-3545-5436（出版部）
http://www.asagaku.jp/（朝日学生新聞社の出版案内など）

印刷所　株式会社シナノパブリッシングプレス
編　集　吉田 由紀
装丁・DTP　水上 美樹
編集協力　佐々木 潤平（朝日小学生新聞編集部）

ISBN 978-4-904826-40-9

朝日学生新聞社児童文学賞 第2回受賞作
朝日小学生新聞 2011年7月～9月の連載を再構成しました。